ファン文庫

腹ペコ神さまがつまみ食い

深夜二時のミニオムライス

著　編乃肌

マイナビ出版

目次

一章　福の神様（未満）とキャベツの豚ロース巻き

——この世には、神様と呼ばれる存在がいます。あなたのすぐそばにも、もしかしたらいるかもしれません。


バイト先の休憩室にあった、女性向けの総合雑誌。

手に取って椅子の背に体を預け、パラパラとめくっていたら、そんな見出しが目に飛び込んできた。

雑誌の真ん中に掲載されている『絶対に行きたい！　パワースポット特集』とやらは、神様関連のちょっとした豆知識が、各地のパワースポットの紹介文に添えられている。

この特集は第二弾で、第一弾の見出しは確か『あなたは神様を信じますか？』というシンプルな問いかけだったか。

第一弾が読者アンケートで好評だったとかで、またしても掲載されたわけだが、第二弾にして神様は〝いる〟という答えをもう出してしまっている。疑問形ですらない。

……だが、それも仕方のないことだ。

この特集記事を書いた当の本人——フリーライターである私・四ッ平麻美が、その神様の存在を認めざるを得ない状況に、毎晩のごとく襲われているのだから。

「あー！　よつみん先輩、またその雑誌を読んでいるんですか？　前も読んでいましたよね。好きな特集でもあるんですか、それ」

「ちょっと……ドアくらいノックしてから入ってよ、パン子」

いきなり聞こえた声に振り向けば、バイト仲間の山下可奈子がいた。

彼女は私の四つ下で、二十歳の大学生。

栗色のショートボブに、鼻が低くて目の大きな童顔。少しおっちょこちょいで仕事でもたまにやらかすが、見た目のとおり天真爛漫なムードメーカーだ。

『パン子』というのはそのおっちょこちょいの一環で、ミルクパンを運んでいる途中で転んだ際、お客様の頭上に見事パンを載せたことからそのあだ名がついた。本人は嫌がっているが、私も『よつみん』なんて変なあだ名で呼ばれているのだからおあいこである。

「だって今の時間、休憩室にはよつみん先輩しかいないと思って。店長ならノックしないと怒るけど、先輩なら別にいいかなって」

「いや、今現在進行形で怒っているでしょ」

「はいはーい、ごめんなさい！　次はノックしますから！　あ、お隣失礼しまーす」

生意気な態度だが、愛嬌があって憎めないのがパン子だ。

彼女は持っていたトレーをテーブルに置いて、パイプ椅子をひいて私の隣に腰かけた。

トレーの上には、スパイシーな香りを漂わせるチキンカレーと、ドリンクバー用のグラスに注がれた牛乳が置かれている。本日のまかないだ。

たかがファミレスのカレーとあなどるなかれ。

チキンの旨みがたっぷり溶け込んだルーは、野菜もまたたっぷりで舌を楽しませてくれるし、辛さも三段階ほど選べる。大人から子供まで安定して人気のメニューである。

私の前にも同じものがあったが、すでに完食して、残っているのはお皿のみ。

「それで、雑誌ですよ、雑誌。よつみん先輩も店長と同じで、婚カツ女子向けの特集を読んでいるんですか？」

「いや、違うから」

私は首を横に振って「適当に開いていただけよ」と答える。

休憩室にあったこの雑誌はもともと店長のもので、恋愛音痴なアラサー女性の彼女は、いつもお相手ゲットのために必死である。

私はただ単に、自分の書いた記事の出来を見ていただけだ。

パン子は私の本職がライターであることは知らない。別に秘密にしているわけじゃないけど、明かす機会がないから教えていないだけ。パン子も雑誌はたまに読んでいるみたいだけど、たまにくらいでは、この記事のクレジット欄にある私の名前になど気づかないようだ。

昼はこうして近所のファミレスでバイトをしながら、夜に企業から仕事を請けてライター業に勤しむのが、私の基本的なライフスタイルである。

「なんだ、つまんない。クリスマスも近いから、先輩もようやく彼氏ゲットに乗り出したかと思ったのに」

「そういうパン子はどうなの？　クリスマスのご予定はあるわけ？」

「フフフ、ちょっと前に新しく彼氏ができたので、私は抜かりなしです！」

スプーンをくるくる回しながら、店長が聞いたら歯軋りしそうな報告をするパン子。

いよいよ冬支度を始める十一月の中旬。迫り来る一大イベントといえば、世間様ではやはりクリスマスになるのだろう。

私にはあんまり関係ないけど。

「じゃあクリスマスの日は、パン子のシフトはお休みになりそうね。私は普段どおり出るつもりだけど、店長には早めに言っといた方がいいかもよ？　理不尽な嫉妬攻撃を食らいたくなかったらね」

「それ、早く言っても遅く言っても食らいそうです！　よつみん先輩はお相手候補とかいないんですか？　合コンに行ったときも恋愛とか興味なさそうでしたけど、せめて気になっている人とか！」

「気になっている人ねぇ……」

ポッとなぜか頭に浮かんだのは、住んでいるアパートのお隣さんの顔。

いやいや……ないでしょう。

「いないね」

「えー！　なんか今、不自然な間がありましたよ！　実際はいるんでしょう⁉」

意外と鋭いパン子をはぐらかすように、私は「おっと、休憩終了の時間だ」とわざとらしく時計を見て、トレーを持って立ち上がる。

後ろでは「逃げないでくださいよ、先輩！」とパン子がわめいているが無視だ。

休憩室を出る前、ドア横に置いてある身だしなみチェック用の全身鏡に、チラッと映った自分の姿を確かめる。

化粧をしても印象の薄い地味顔に、雑にシニヨンにまとめたセミロングの黒髪。週四か週五という高頻度で着ても、フリル付きのかわいらしいウェイトレス服は、パン子のように似合う日がいっこうに来ない。

……こんな枯れている女に、クリスマスの日に絡んだ恋バナなんて、店長以上に縁がなさそうだ。

　ふうと溜息を落とし、切り替えて仕事に戻った。


　凍(い)てつく風が頬を掠(かす)める。

　寒さに震えながら、私は赤チェックのマフラーに顔を埋(うず)めた。

　いつものように十九時でバイトは終了し、今は自宅への帰り道を歩んでいるところだ。早く家に帰って温まりたい。

「……あ」

　だが大通りから住宅街へと入る途中で、家の冷蔵庫にろくな食品がないことを思い出した。どうしようかとしばし悩んだが、仕方なく方向転換し、近場のスーパーに寄っていくことにする。

　今夜の夕食……というより、夜の仕事中に食べる夜食用の材料を調達しに。

　休憩室でチキンカレーを食べたのは、昼食には遅い十五時くらい。ファミレスの昼のピーク時を過ぎてから、ぼちぼちとまかないを食べるため、どうしてもそんな時間になってしまう。

だから私のお腹が空いてくるのは、だいたい日付けを越えた頃になるのだ。

お夜食は夜の仕事のお供には欠かせないしね。

「また〝あの子たち〟は来るかな……」

――真夜中に私の部屋に現れる、招かれざる訪問者たち。

人のお夜食を狙ってくる彼等は、常に腹ペコで遠慮がない。

「またお夜食争奪戦にならないといいけど」

賑やかな声を反芻して苦笑する。

ほどなくして、お世話になっている『にこちゃんスーパー』に到着した。

さほど広くもない店内には、私と同じ仕事帰りっぽいお客が数人程度。

そろそろ店じまいだから、品揃えは少なくなってはいるものの、あちこちに貼られた割引シールが非常に魅力的だ。特に半額シールなんて威力がすごい。それだけで買う予定のないものまで一度は手に取らされる。

気づけばカゴの中はシールつきの商品ばかりだった。

「いい買い物ができたなあ」

お安くたくさんの食品をゲットできてご機嫌な私は、エコバッグを揺らして今度こそ帰路に就く。

周囲はもうとっぷりと闇に沈んでいる。

いっそう冷え込む空気の中を足早に進めば、ブロック塀に囲まれた建物が見えてきた。

あの木造二階建てのボロアパートが私の家だ。

アパート名は『しんれい荘』。

敷地内の片隅に小さな社（やしろ）が建っていることから、正しく漢字で書くと『神黎荘』という厳かな響きのはずが、朽ちかけのオンボロな見た目のせいで、ご近所さんからは『心霊荘』だなんだと噂されている。

幽霊なんて出ないんだけどね。別のものは出るけど。

「あれ……誰かいる？」

アパートの傍（かたわ）らに立つ街灯の下に、浮かぶ男性の人影。

白い立派な顎鬚（あごひげ）をたくわえた、六十代くらいのご老人だ。その顎鬚も特徴的だが、なにより特筆すべき点は、冬なのに極彩色の派手なアロハシャツを着ていること。この季節にアロハ一枚はさすがにあり得ない。

寒そうにしていたなら心配にもなるけど、遠目からでもケロッとしているし……シャツの胸元にはやたらカッコいいサングラスも引っ提げてあって、なんなのだろう、あのファンキーなおじいちゃん。

「あっ」

アパートをじっと見上げていたかと思いきや、ファンキーおじいちゃんはフラリと踏み出し、街灯の下から出てパッと消えた。

暗闇に紛れて見えなくなっただけだとはわかっていても、消えかたがまるでイリュージョンのようで私は目を瞬(しばたた)かせてしまう。

「……あとで一応、大家さんに報告しとこうかな」

ヤバい人ではなさそうだったが、変な人であることは確かだ。不審者情報として伝えておくべきだろう。

報告事項を脳内にメモりながら、止まっていた歩みを再開する。

老人がいた街灯の周辺には、もうなんの気配も残されてはいなかった。

「ただいまー」

誰からも返事はなくとも、帰宅の挨拶は欠かさない。

六畳一間の我が城に無事に着いて、真っ先にお風呂場に走る。サクッと風呂掃除を済ませてお湯を張った。

冷えた体をまずは温めたい。

「さて、お湯が沸くまでに……」

玄関に放置していたエコバッグを持ち上げて、中身を冷蔵庫に詰めていく。この作業、面倒くさいけど嫌いじゃないいんだよね。

この食品たちがおいしいものに変わる様を想像しながら、どんどん詰めていくのがいいのだ。

それからお湯が沸いたので、のんびりと浴槽に浸かった。本日の入浴剤はレモンの香り。日替わりで選ぶのがささやかな楽しみである。

「……ほう」

気の抜けた吐息が湯に沈む。

足先からじんわり熱が宿っていく感覚が心地よい。

浴槽の半分を覆う蓋の上にタオルを敷いて、濡れないように気をつけながら雑誌をめくっていく。趣味の観劇雑誌を風呂場で読むのが私の至福のひと時だ。いつかこの愛読している『月刊 舞台人間』のコラムを書いてみたい。

そうして長風呂でリラックスしたあとは、気合いを入れてお仕事開始。

「よっし、頑張るか！」

仕事用デスクに向かって、椅子に載せたドーナツクッションの上に座る。パソコンの電源を入れて、ひとまず〆切の近いＷＥＢ記事の制作に取りかかった。

今回は転職サイトに載せる記事で、面接の必勝法についてまとめている。私はフリーランスのライターになる前は出版社に二年半ほど勤務していて、雑誌編集などを主な仕事にしていた。そのとき仕事の一環で、転職エージェントさんに密着取材をした経験もあるので、こういった分野の記事はお手の物である。

集中すること一時間ほど。

時計の針はそろそろ日付を跨ごうとしていた。

あと少しで書き終わるといったところで、お腹がくうううと小さく鳴る。

「片付けてしまいたかったけど……小休止かな」

今晩はこのＷＥＢ記事の他に進めたい案件もある。そちらは〝仕事〟ではないけれど、真剣に取り組んでいることだ。

つまり、まだまだ起きて頑張らなくてはいけない。

こういうときこそ、お夜食の出番である！

「さて、今夜のメニューは……」

台所に並べたのは、ハーフサイズのキャベツと、割引シールつきの豚ロースの薄切りパック。作るのは『キャベツの豚ロース巻き』だ。

フライパンなどは使わない、お手軽に時間をかけず作れるレンジ蒸しで。

「というか、今ガスコンロ壊れているんだよね」

三日前から火をつけようとしてもうんともすんとも言わない。

業者さんに直してもらわなくてはいけないのだが、電子レンジさえあればわりと乗り切れてしまうため、放置してしまっている。

そんなわけもあって、火を使わない夜食作りのはじまりはじまり。

まずはキャベツを洗って、包丁でザクザクと千切りにしていく。千切りといっても、そこまで念入りに細かくはしなくていい。ほどほどの太さでオッケー。細かくするのも手間だしね。

私のお夜食のモットーは『手早く、簡単に、ちょこっと小腹を満たすだけ。でもおいしく！』なので、手間は極限まで省くのが基本だ。面倒臭さがあってはいけない。

キャベツを切り終わったら、豚ロースに塩コショウを軽くサッと振って、それにキャベツを適度に盛ってくるくると巻いていく。

「綺麗に巻けると嬉しいのよね……でも、作りすぎたかも？」

巻き終わったものが八つ。

豚ロースのパックをひとつ使い切ったら、けっこうできてしまった。

一人分にしておくつもりだったのにな。

決して、今夜現れるかもわからない、お夜食泥棒のことを意識したわけではないのだ、うん。

「余ったら明日に回そうと思っただけだし……」

誰にともなく言い訳をして、戸棚から出した透明な耐熱容器にぎゅうぎゅうにキャベツの豚ロース巻きを詰めていく。八つもあると、この容器にはギリギリだ。

それでもなんとか詰めたら、ここで鶏がらスープの素、みりん、料理酒、ゴマ油といった調味料を入れる。

そしてキッチリとラップをして電子レンジで加熱。

待っている間にもう一品！

とはいっても、オマケにカップスープをつけるだけだけれど。

「マグカップはこれでいいや」

食器棚から、赤い水玉柄の大きめのマグカップを選ぶ。私は女ばかりの四姉妹の末っ子で、これは二番目の姉さんがくれた一番のお気に入りだ。デザイン的な意味ではなく、使い勝手的な意味で。

せっかくオシャレなカップをプレゼントしてくれたのに、実用性重視な妹でごめん。

マグカップを用意したら、次は一杯分だけ電子ケトルでお湯を沸かす。

「具材はもやしとパックの小ネギを使おうかな、どっちも半額シールで価格崩壊していたやつ。調味料はこっちも鶏がらスープをベースにして……あ、電子レンジ終わった」

このタイミングでチーンと間の抜けた音が鳴った。

すぐにラップを開けていい匂いを堪能したいところだが、ぐっと我慢。先にスープを完成させてしまおう。

熱々の耐熱容器をいったん調理台に置いて、適量のもやしだけを入れたマグカップをほんのちょっぴりレンジにかける。

加熱後に小ネギを入れ、鶏がらスープと黒コショウを加えて、ケトルのお湯を注ぐ。

最後にほんの数滴ゴマ油を落とせば、『即席！　もやしの中華スープ』の出来上がりだ。

皿にはわざわざ移さず、耐熱容器に入れたままのキャベツの豚ロース巻きと、マグカップのもやしの中華スープを、台所を背に置いてあるミニテーブルの上に並べる。

「いただきます」

手を合わせて、豚ロース巻きの方を歯を立てて一齧（かじ）り。

調味料がよく染みた豚肉の旨みと、キャベツのシャキシャキした食感が同時に口内に広がる。ジュワッと汁が滲むのが最高。キャベツがバラけないから食べやすいし、なにより簡単でおいしいんだよね、これ。

「おっと、かけるの忘れてた」

立ち上がって台所から取ってきたのは、袋入りの白い煎りゴマ。

これをパラパラと残りの豚ロース巻きにかけていく。なくても十分旨いが、煎りゴマをかけることで、香ばしさも小気味のいいプチプチ食感も追加される。

合間にもやしの中華スープも啜れば、こちらはこちらでゴマ油の風味が上手に利いていた。

二品の組み合わせも相性バッチリだ。

「これでまだまだ、仕事も〝あっちの方〟も頑張れそう……あ」

ベランダに続くガラス戸の向こうから、ガラッと音が聞こえた。たぶん、お隣さんがベランダに出た音。壁が薄いので筒抜けだ。

私はいそいそと小皿を持ってきて、耐熱容器からキャベツの豚ロース巻きをふたつ取り分けた。ささやかな見栄で見た目が綺麗なものをチョイス。コンビニでもらった割り箸も忘れずにそっと添える。

そして小皿を片手にガラッとガラス戸を開けた。

「寒っ！」

一歩外に踏み出した瞬間、吹きつけた夜風に身震いする。

「――今夜は特に冷えますよね」

お隣と地続きのベランダを仕切る、簡素なパーティション。その向こうから、フェンスに長身の体を預けた体勢で、ひょっこりと男性が顔を出した。

アッシュブラウンの髪が柔らかに、寒空の下で靡く。

「こんばんは、有馬さん」

「こんばんは、麻美さん」

相変わらず、耳にスッと入ってくるいい声だ。

彼は私のアパートのお隣さんである、有馬拓斗さん。

グレーのだるだるのスウェット姿ながら、そのお顔は目鼻立ちがとても整っていて、ほどよく鍛えた体軀をお持ちの美丈夫だ。有馬さんの場合、この華のある目立つ容姿は仕事においても大変な武器になる。

なんといっても、彼の職業は舞台俳優さんだから。

「今夜もまた、台本の読み込みですか？」

有馬さんが手にしている冊子は、おそらく次に出演する舞台の台本だろう。彼はよくこのベランダで、部屋の漏れ灯り(あか)を頼りに台詞を声に出して覚えている。

私の問いに、彼は「うん」と首肯する。

「今回は漫画が原作なんだけど、『君と星空のカレイドスコープ』って知ってる？　星座をテーマにした、天文部に所属する五人の高校生たちの青春もの。略して『星カレ』。中高生から大人にまで人気な、先月最終巻が発売された少女漫画」

「……ごめんなさい、寡聞にして存じ上げなくて」

「ははっ！　麻美さん、漫画とか小説はそこまで詳しくなかったもんね」

有馬さんは舞台俳優の中でも『二・五次元俳優』というやつで、お仕事で請け負うのは漫画や小説の舞台化がメインだ。

私は演劇好きだけど、そっち系はヲタクな三番目の姉の担当である。初めて有馬さんが出ている舞台を見たときも、知らないファンタジー小説が原作で、たまたま三番目の姉からチケットを押しつけられて見ただけだった。

でもすごくいい舞台で面白かったんだよね。

クールビューティーな吸血鬼のボス・ディーン様を演じる有馬さんは、人外感が出ていて迫真の演技だったし。

「吸血鬼の次は普通の高校生って大変ですね。えっと……有馬さんが高校生役を演じるんですよね？」

「そうそう。実際の歳を無視してね」

有馬さんは私と同い年だから、高校生を演じるにはそこそこの無理が……と危ぶんでみるが、ここで会う彼は、わりと子供っぽい表情も覗かせている。案外若い役もイケるのかもしれない。

あとは演技力次第、なのかな。

「しかもさ、ディーンはいくら人気キャラでもあくまで敵キャラだし、出番は少なめだったんだけど、今回は主役なんだよね」

「主役!?　すごいじゃないですか！」

「おかげ様で出ずっぱり。ありがたいけど、台詞を叩き込むのに苦戦中です」

タイトルの書かれた台本を持ち上げて、苦笑する有馬さん。

大変ですねと言えば、「そっちは？」と逆に尋ねられた。

「ライターの仕事の方は、今は急ぎの案件もなくて落ち着いていますね。夜更かしな日々には変わりませんが。そんなわけで……今宵（こよい）のお夜食の差し入れです」

「やった！」

後ろ手に隠していた小皿を、フェンスに身を乗り出して差し出せば、有馬さんは

「待っていました！」と言わんばかりの歓声を挙げる。

「これは……巻いてあるのはキャベツ？　見た目からしておいしそうだね」

「キャベツの豚ロース巻きです。レンジで蒸して楽に作れるんですよ」

「麻美さんのお夜食シリーズ、俺の癒やしなんだよね」

私と有馬さんは、やっていることは違えど、どちらも夜遅くまで起きてお仕事に打ち込む者同士。

有馬さん命名『夜にがんばる人同盟』だ。

同盟仲間の助け合いとして、私はこうしてちょいちょい、有馬さんにお夜食の差し入れを行っている。

そのお返しとして有馬さんからは、業界裏話を聞かせてもらったり、たまに市販のお菓子を送られたりしていた。私の手抜きお夜食とはとうてい釣り合わない、人気ケーキ店の焼き菓子とか高級和菓子とか……断りたくても断れないんだよね。

私に餌付け返しをする有馬さんが、いつも楽しそうなせいで。

「ではありがたくいただきます……ん！　味が染みていて絶品だね！　食べやすいのに見た目よりボリュームもあるし！」

「キャベツが食べごたえありますからね」

「ゴマがちょっとかかっているのも、アクセントになっていいね。これが電子レンジで作れちゃうのかあ。驚きだな」

有馬さんの勢いのある食いっぷりや大袈裟な反応は、いつ見ても気持ちがいい。

キャベツの豚ロース巻きは、あっという間にふたつとも食べ切られてしまい、もうひとつくらい追加してもよかったかも、なんて思う。

彼は割り箸をお皿に載せて、「ごちそうさまでした」と笑う。お皿はすぐに回収させてもらった。彼は洗って返すといつも言うが、一枚の小皿くらいこっちでまとめて洗うから構わない。

「ごめんね。次のお菓子は楽しみにしていて。冬だけど、だからこそ冷菓とかもいいなって考えているところだから」

「……ほどほどのお値段のものでお願いしますね」

遠慮しても送られるので、最近では折れた私である。

冷菓ならアイスケーキとか好きなんだよね。アイスとケーキを同時に楽しんでいるあのお得感がいい。この季節だからこそ、部屋をポカポカに暖かくして、あえてチョコミントのアイスケーキとかを頬張るのもアリだ。

「それで、お仕事の方は落ち着いているってさっき言っていたけど、あっちは？　脚本制作は進んでいる？　〆切が来月くらいだったよね、確か」

うっと言葉に詰まる。

やはりそこを突いてくるか。

私はライターの仕事とはまた別に、〝本気の趣味〟として舞台のオリジナル脚本を書いている。長い間温めていたアイディアを形にしているところだ。

それをいつかどれだけ小さな舞台でもいいから、観客を前に役者さんたちに演じてもらうのが、私のささやかな夢。

前まではその夢に、いい大人がなにを本気になっているんだと後ろ向きだったが、ここにいる有馬さんと……あと、チビっ子お夜食泥棒たちに後押しされて、今はわりと前向きに取り組んでいる。

ずっと応募してみようか悩んでいた脚本賞にも、やっと挑戦する勇気が持てたのだ。その脚本を鋭意制作中である。

「えっと、〆切は来月末です。あと一か月ちょっとですね。余裕を持って応募したいなとは思っているんですが、ラストのまとめかたがどうにも気に入らなくて……何度も練り直しているんです」

「そっか、そこはこだわりたいよね。ラストは大事だよ。幕が下りきるまでお客さんには舞台に熱中していてほしいし、納得のいくものにしなくちゃ。でも麻美さん、書き終えたら応募する前に、俺に読ませる約束は忘れないようにお願いしますね」

「は、はい……アドバイスもいただきたいから、ちゃんとお渡しするつもりはありますけど……」

「けど？」

「これから有馬さん、かなりお忙しくなりますよね？　私の脚本なんか読んでいていいんですか？」

おずおずと窺（うかが）うように尋ねれば、有馬さんは拗（す）ねたような顔をする。

「脚本『なんか』とか言わないでくださいよ、俺はめちゃめちゃ楽しみにしているのに。忙しくなるからこそ、元気をもらうのに読みたいんです」

そう、有馬さんはこちらが照れるようなことを、暗闇の中でも真っ直ぐな目で恥ずかしげもなく言い切った。

彼はいつだってこうだ。私の夢を全力で肯定して応援してくれる。

私も有馬さんの、夢を追って真摯に役者をしている姿勢を応援しているつもりだけど、その何倍もこちらが励まされている気がする。

夜風にさらわれそうな小声で「ありがとうございます」と呟けば、「だから約束は守ってくださいね」と念押しされた。

頷けば眩しいまでの笑顔が返ってくる。

それに心臓が微かに跳ねた。

——よつみん先輩はお相手候補とかいないんですか？　せめて気になっている人とか！

ポッと脳内に出現したパン子が、そんな問いと共に迫ってくる。

私は逆に、そんなパン子を無理やり脳の隅っこに追いやって、表面上はなんでもないフリを貫いた。

クリスマスが近いからって、ピンクな話題で脳内ジャックはやめてほしい。

どこぞの縁結びの神様じゃあるまいし。

「……そろそろ寒いですし、中に入りましょうか。私もまだ起きて、仕事を片付けたら脚本を書かなきゃいけませんし。風邪を引いたら元も子もありません」

「そうだね。冬場はベランダ会合もそう長くはできないな」

名残惜しさを覚えつつも、有馬さんと別れて部屋に戻る。

残りのキャベツの豚ロース巻きと、少し冷めただろうもやしの中華スープを胃に収めてしまって、さてお仕事……と行く予定だったのだけれど。

「まあ薄々、来ていそうな予感はしていたのよね……」

「おお、麻美よ！　今宵もお邪魔しておるぞ！」

テーブルの周りをふよふよと浮遊する、五歳児くらいのお子様がひとり。

幼子らしい丸みを帯びた輪郭に、どこもかしこもぷにっと柔らかそうなマシュマロボディ。ビー玉のような瞳は不思議な色合いを宿していて、ふとした折に緑にも青にもその輝きを変える。

格好は七福神の大黒天様スタイルで、芥子色の水干に赤い頭巾を着用。お腹のド真ん中に『福』という丸印があるのが、なんとなく間抜けだ。

なにを隠そう、このお子様は正真正銘の『神様』。

丸印からもわかるように『福の神』で、名前はフクタ。

いや、正確には神様になる前の『神様未満』であり、言い換えれば『神様のたまご』というやつである。

「このキャベツを薄い肉で巻いたものは美味じゃのう。味の染みた肉汁がたまらぬ。もやしのスープもゴマの風味が利いていて、一度口をつけるとついつい飲み干してしまうぞ！」

「フークーター！　またあんたは勝手に食べたわね！　多めに作ったのに、キャベツの豚ロース巻きはあとひとつしかないし！　スープなんて空っぽじゃない！」

「むぎゃ！」

抗議の意味を込めて、私はフクタの水干の裾をぐいぐいと引っ張ってやる。フクタは
「や、やめるのじゃ、麻美よ！　我の衣装が伸びてしまう！」とわめいているが知らん。伸びてしまえ。

このポンコツ福の神は、毎晩とは言わずとも高頻度で夜、私の作るお夜食を狙ってやってくる。

フクタはたまごから立派な一人前の神様になるため、人間の世界で修行中の身。福の神らしく、対象の人間を幸福にして徳を積み、レベルアップしていかなくてはいけないらしいのだが……悲しきかな、なかなかうまくいかない落ちこぼれだそうで。

徳を積めないとお腹が減るとかで、フクタはいつだって腹ペコだ。

ご飯を求めるのなら別のところでもいいのでは？　と思うだろうが、わざわざ私のもとに来るのにも、ちゃんと理由はあって……。

「いい加減にしないとこの部屋、そろそろ出禁にするからね！」

「そ、それは困るのじゃ！　この『神域』を追い出されては、我はのたれ死んでしまう！」

あわあわと、情けない顔で慌てるフクタ。

なんでも私の部屋は『神域』と呼ばれる、神様の力が高められる特別な場所で、言うなれば神様にとってのパワースポットなんだとか。

雑誌のパワースポット特集を書いている本人の家が、一番それらしいパワースポットだったというオチは置いといて。

もともとは、ここのアパートにある社を根城にした『土地神様』の神域らしいけど、今は肝心の土地神様は訳あって不在。そのため、フクタのような他の神様が自由に出入りできるそうだ。

神域自体の力が弱いから、お昼だと人間の気配に負けて来られず、来られるのは多くの人が寝静まる真夜中だけ。

よって私のお夜食が『神への供物』として、不本意ながらつまみ食いされ続けているわけである。

「そ、それに麻美よ！　我がひとりで食べたわけではないぞ！　今宵は新顔を連れてきたのじゃ！」

「はあ？　なによ、新顔って」

訝し気に片眉を上げていたら、「おや、あっしをお呼びで？」と、台所の方からまたもやふよふよとフクタと同い年くらいのお子様が飛んできた。
燃えるような赤い髪に、ぐるりと巻いたねじり鉢巻。頭の右側には鉢巻きの上から
ひょっとこの面もつけていて、さらに半被を羽織ったその姿は、先月にやっていた近所
の秋祭りあたりで御輿でも担いでいそうな格好だ。
半被の後ろには、大きく『竈（かまど）』の丸印があった。
これは確かに見慣れない顔、ニューフェイスである。
「な、なに、フクタの友達？　あんたも神様なの？」
「あっしは『竈神』のたまごでさぁ。名はマドといいます。フクタのたまご仲間で、フ
クタにここなら、うめぇ飯にありつけると聞いて連れてきてもらったんでさぁ。先にい
ただきやしたが、あんさんの飯は旨かったでさぁ！」
ありがとうございやした！　と、シャキシャキした態度で、悪意なく頭を下げられる
と迂闊に怒れない。フクタなら容赦なく怒れるのに。
そして我が家を紹介制の飯屋みたいにするんじゃない！
「え、ええっと、マドくんね。もういいわ、なにもツッコまないから。ところで、竈
神ってどんな神様なの？」
福の神や縁結びの神、土地神なんかはよく聞くしわかりやすいが、竈ってあの昔の台

所にあったやつよね？

「そのまま、竈の火を司る神様でさぁ。最近はオール電化やらＩＨやらに押され気味ですが、本来なら一家にひとり、台所には欠かせない存在なんでさぁ」

「世知辛い現代神様事情ね……あなたも腹ペコだったの？」

「いんや、あっしはもう、徳は足りていて試練は合格間近なんすけどねぇ。たまには徳とか関係なく、うめぇ飯が食いたくなったんでさぁ。今回限りのお邪魔なんで許してやってくだせぇ」

なんと、フクタよりはるかに優秀なようだ。

それなら……と耐熱容器を持ち上げて、ポツンと残されたキャベツの豚ロース巻きを、箸を添えてマドくんに差し出す。

「このラスト一個、食べていく？　今回限りなら、餞別に」

しかし、マドくんはひょっとこの面を左右に振って「あっしはもう満足なんで、それはフクタに」と辞退する。

「フクタは今、大事な局面を迎えているのでさぁ。どうか優しくしてやってくだせぇ」

「そうそう、そうなのじゃ！　よいことを言うな、マド！」

「大事な局面……？」

急に深刻な顔になったフクタは、床に降りてきてちょこんと正座した。

マドくんもその横にあぐらをかいて座る。

「ほれ、我って、マドと違って神のたまごとしてはダメダメであろう？」

「私が同意してもいいの？　その問いかけ」

事実なのだが、さすがに本人を前に全面同意はしづらい。

事実なのだが！

「そのため、上司の福の神様から、ついに特別試験を言い渡されるかもしれないのじゃ」

「特別試験？」

学校でたとえると、赤点生徒に個別で課題を出す感じだろうか。

「いいじゃん、それくらい受ければ。ちゃんとクリアできたら、そっちの方が手っ取り早く評価を上げられるんじゃないの？」

「よくないのじゃ！　我の上司の福の神様が課す特別試験は、これまでも何度か実施されておるが、厳しいことでたまご界では有名なのじゃ！」

「『たまご界』ってなんか響きがかわいいわね」

「真面目に聞くのじゃ！」

パンパンと、小さな手でフクタは床を叩く。

マドくんも「フクタの上司様はめちゃくちゃ怖いんでさぁ」と震えているが、私は真面目に聞く気があまりないので、卵料理って基本的になんでも好きなのよねとか意識をよそにやっていた。

親子丼、オムレツ、煮卵、天津飯、卵焼き……料理上手な一番上の姉が朝食に作ってくれたエッグベネディクトは、店を開けるレベルにおいしかったな。

もちもち食感のイングリッシュマフィンに、カリッとなるまで焼いたベーコンと、形も完璧なポーチドエッグが載せられていて、その上に姉お手製のオランデーズソースがたっぷりかけられていたやつ。

ソースの濃厚な味わいが具材を引き立てていて、卵がとろとろ口の中で溶けるのも最高だった。また食べたい。

「麻美よ、顔がだらしなくなっておるぞ」

「うるさいな。おいしいものについて考えているとき、人間はこういう顔をするの」

「やっぱり真面目に聞いておらぬではないか！」

怒られた。

そこは素直にごめん、エッグベネディクトのことを考えていた。仕方ないから聞いてやろう。

「ええっと、特別試験の話だっけ」

「そうじゃ。試験が実施されてしまえば、上司の福の神様が選んだ試験官が、我のもとに派遣されてくる。きっとただ者ではないはずじゃ」

「そりゃあ、選ばれた試験官だからね。でもまだ、フクタが特別試験を受けるか決定したわけじゃないんでしょう？」

「そこじゃ！」

キランッと、フクタの独特な光彩の瞳が光った。

「今月が勝負なのじゃ！　今月中に対象の人間をキッチリ幸福にして、一定以上の徳を積めれば、晴れて試験は免除となる！　我はやってみせるぞ！　そこで麻美の出番じゃ！」

「なんで私？」

素で疑問が口から転がり落ちた。

私はなんにも関係ないじゃん……と思っていたら、マドくんの方が「あんさんのお夜食が、フクタに力を与えるって意味でさぁ」と補足してくれた。いや、本気で関係ないですね。

「ここで食べるお夜食こそが、きっと力の源なんでさぁ」

「そのとおり！　まさしく『えねるぎー』じゃ！　勝負の月であるからこそ、我を応援するつもりでなにとぞ頼む！　要望を言うなら普段よりちょっと豪華なお夜食とかを！」

「とんでもなく厚かましいな⁉　夜食泥棒のくせに！」

フクタは「なにとぞ！　なにとぞ！」と勢いよく抱きついてきた。引き離そうにも、紅葉のような手でぎゅーっと部屋着にしがみつかれてしまえば、煎りゴマ一粒分の同情心が湧いて離せない。

見た目が小さい子供だから余計だ。

無下にしにくい、ズルい。

「『豪華な』というのは嘘じゃー！　言ってみただけじゃー！　ただ我は試験回避が成功するよう、麻美に応援してほしいだけじゃー！」

「お夜食つきで？」

「お夜食つきで！」

そこはちゃっかりしているフクタに、やれやれと肩を竦（すく）める。

……まあ、誰かに心から応援されると、どこまでも頑張れちゃう気持ちは、さっきべランダで私も味わったけどさ。

「ああ、もう、わかったわよ」

自覚はあるが、フクタになんだかんだ甘いのよね、私。

「今月いっぱいまでは、私からお夜食を進んで分けてあげる。これでも私だって、あんたのことは応援してんのよ」

「ううう……麻美よ！　感謝するぞ！」

「話に聞くとおり、この姉さんは気前がいいんでさぁ」

感動のあまりおいおいと泣きだすフクタに、感心したようにうんうん頷くマドくん。

正直、やたら私を持ち上げている二柱には悪いが、結局フクタが試験を受けさせられる未来図しか浮かばない……けど、やれるだけやってみればいいんじゃないかな、たぶん。

「この恩は必ず返すぞ！　我が一人前の神様になったときの出世払いじゃ！」

「あー、はいはい。楽しみにしているわ」

「恩といえば、あっしもささやかながら、あんさんに恩返しをさせていただきやした」

「え？」

ニカッと、マドくんが白い歯を見せる。

「あんさん家のガスコンロ、壊れていましたでしょ？　あっしは竈神ですから、ああいうのも直せるんでさぁ。旨い夜食の礼に、パパッと神の力を使ったんで、もう問題なく火をつけられるはずでさぁ」

「ウソ！」

私は急いで台所に行き、ガスコンロのつまみを回してみる。

ボッと瞬く赤い炎。

本当に直っている！

「どうでさぁ？」

「助かる！　ありがとう！　これで業者に連絡しなくて済んだよ！」

後ろからついてきたマドくんに感謝を伝えれば、彼はへへっと鼻を擦った。竈神ってすごいのね。

「そんじゃあ、あっしはお暇します。フクタのこともまた面倒見てやってくだせぇ。お邪魔しやした！」

仲間のことも気遣える、チビッ子ながら男気もあるマドくんは、私がガスコンロの火を消すのと同時に消えてしまった。

足取り軽くミニテーブルのところに戻れば、こちらではまだ泣きながら、豚ロースのキャベツ巻きをむしゃむしゃ食べているフクタが。

マドくんとの頼りがいの差がすごい。

こっちは一ミクロンも頼れそうにない。

「ほわあ、旨いのじゃあ、おいしいのじゃあ」

煎りゴマを唇の端につけて、フクタは泣いているのに幸せそうだ。

そのお間抜けな姿に、私は「フクタから恩返しを受ける日なんて本当に来るのだろうか……」と遠い目をするのだった。

キャベツの豚ロース巻き

材料

- ・キャベツ ………… 2枚
- ・豚ロース ………… 100g（4〜5枚くらい）
- ・塩コショウ ………… 少々
- ・鶏がらスープの素 … 小さじ1杯
- ・みりん ………… 小さじ2杯
- ・料理酒 ………… 小さじ1杯
- ・ゴマ油 ………… 小さじ2杯
- ・白い煎り胡麻 … 適量

1. キャベツを千切りにする。切ったキャベツを適量ずつ、塩コショウを振った豚ロースの上に盛って、くるくると巻いていく。
2. 耐熱容器に①を詰めて、鶏がらスープの素、みりん、料理酒、ゴマ油などの調味料を入れる。ラップをして、600Wの電子レンジで3分加熱。
※一度取り出して、豚ロースに赤いところがあれば再度加熱！　しっかり火を通すこと！
3. ラストに白い煎り胡麻かけて完成！

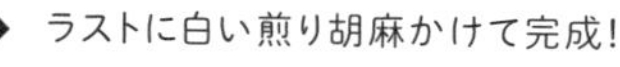

レンジ蒸しだからお手軽で簡単！

ちょっとしたおつまみにもなりますね。
食べやすいのに、見た目より
ボリュームがあるのも嬉しい一品だよ。

二章　縁結びの神様（未満）とはちみつミルク餅

十一月も終わりに近づく、とある土曜日。

バイトがいつもより少し遅出のため、私はベッドの中でのんびりと惰眠を貪っていた。

しかしながら、チャイムが鳴ったので寝癖をごまかしつつ玄関に出たら、宅配便でなにやらずっしり重たい小包を受け取った。

送り主を見れば、実家の母親から。

なんだろう？　とミニテーブルの上で開封してみて、目を丸くする。

「これ、お餅？」

中から出てきたのは、個包装された切り餅が、ぎゅうぎゅうに詰め込まれた大容量パックが五袋。

黄色い吹き出しで『お得用！』と書かれた文字が目に痛い。

「仕送り……？　でもこんなに餅ばっかり送られても……」

困惑しつつ、添えられている簡素なメモに目を通す。

なんでもうっかり屋で通販大好きな母が、来月に注文する予定だった年末年始用の餅を、誤って今月に頼んでしまったらしい。しかも、個数も間違って大幅に増やしたままで。

だからあげる、とのことだ。

「いやいやいや、うっかりしすぎでしょ！　これ、姉妹全員に送られているよね？」

それにしたって、一人暮らしの私にこれは多すぎる。

真空パックの餅だからいくらでも日持ちはするし、あれこれアレンジして食べられはするが、手に余る量だ。

「どうしようかな、もう」

暴力的な餅パックを前に頭を抱える。

するとそこでまた、ピンポーンとチャイムの音がした。千客万来だ。

だけど玄関のドアスコープを覗いてみても誰もいなくて、ん？　と首を傾げる。

「イタズラかな……あっ！」

もう一度覗いて視線を下げてみれば、相手の身長が低くて私が見落としていただけだとわかった。

ドアの前にいたのは、小学校三、四年生くらいの小柄な男の子だ。

頑張って腕を伸ばして、高い位置にあるチャイムを押したのだろう。見覚えのない子だが、アパート住人の関係者だろうか。部屋を間違えたとか？

あまり待たせてはかわいそうだと、私は急いでドアを開ける。

「え、ええっと、こんにちは」

「……こんにちは」

ひとまず屈(かが)んで挨拶すれば、サラサラの黒髪を揺らして無愛想にお辞儀を返される。

黄色いセーターに星柄の紺のジャケットを着た男の子は、表情に乏しく、学校だと教室の片隅にいそうなおとなしい印象だった。感情の読めない瞳でこちらをジッと見つめてくるので、私としては困惑してしまう。

「き、君のお名前は？」

「……三浦一星(みうらいっせい)。一番星の、一星」

「一星くん？」

一番星が由来とは、ロマンチックで素敵な名前だ。

「一星くんはどうして私の部屋に来たの？　親御さんは？　このアパートに知り合いがいるのかな？」

「僕は……」

一星くんが答えようとしたところで、「ああ、いっくん！　ここにいたのね！」と聞き慣れた柔らかな声が割って入る。

「大家さん？」

階段の方からパタパタと駆けてきたのは、この『しんれい荘』の大家さんだ。

七十近いおばあちゃんなのだが、雰囲気が若々しく、笑い皺の刻まれた面立ちはどことなく品がある。だけど今、そのチャーミングな顔には焦りが浮かび、白髪交じりの髪は走ってきたためか乱れている。

「ダメじゃない、車を勝手に降りたら。捜したのよ」

「車の中、狭いし……。気になることもあったから……」

もごもごと言い訳を口にしながらも、最後に一星くんは「ごめんなさい」と小声できちんと謝る。きっと根が素直な子なのだろう。

大家さんは一星くんの両肩にそっと手を置くと、私に向き直って申し訳なさそうに眉を垂れた。

「ごめんなさいねえ、四ツ平ちゃん。この子は三か月前くらいにこっちに引っ越してきた、小学校四年生の私の孫よ。訳あって今うちで預かっているの。一緒にお買い物に出掛けた帰りに、アパートの様子を見に寄ったんだけど……車で待っていてって言ったのに、戻ったらいなくてびっくりしたわ」

「大家さんのお孫さんですか」

そういえば、大家さんの本名は三浦舞子(まいこ)だっけ。

大家さんはずいぶんと前に旦那さんを病気で亡くし、今はひとりで生活していると聞いていたが、お孫さんがいたことは今知った。

だけどやっぱり、なんで一星くんが車から脱走してまで、私の部屋のチャイムを押したのかは謎のままだ。そういうイタズラを意味なく仕掛けるような、やんちゃなタイプではなさそうだし。

私の疑問は、代わりに大家さんが一星くんに尋ねてくれた。

「それは……この部屋から、おかしな気配がして……」

「お、おかしな気配？」

心当たりがあるとしたら、フクタのことくらいか。「おかしな」なんて称される対象は、自ずと決まってくる。

だけど神様のたまごは普通、多くの人間には見えないし気配だって感じられないはずだ。私が彼等と接することができるのは、神域を通して、不本意ながら彼等と繋がりが生まれたからにすぎない。

しかし大家さんも、一星くんの突拍子もない発言に動じることなく、「あらあら。まあ、四ツ平ちゃんの周りには、確かに不思議なものが憑いているみたいだものね」などとあっけらかんと笑っている。

それもそのはず、大家さんは強い霊感をお持ちのガチな霊能者で、人ならざる者の気配を感じ取るくらい朝飯前なのだ。

一説によると、大家さんは古くから続く巫女の末裔で、このアパートにある社を建てたのは彼女のご先祖様だとか。ここでの『巫女』は、神社にいる巫女さんではなく、祈禱をしたり占いを行ったりするより神秘的な方ね。

大家さんがスピリチュアルやオカルト系に強いことは、アパートの住人ならみんなが知っている常識だ。

でもまさか、お孫さんにまでそういった力があるとは……おそろしい家系である。

「悪いものではけっしてないし、四ツ平ちゃんに害がないなら私はいいのよ」

「ま、まあ、はい」

ここはノーコメントで。

へたに掘り下げられてもこちらが困る。

一星くんは私に纏わりつくフクタの気配を追いかけているのか、まだ私を見つめ続けているけど、大家さんがその背をポンポンと叩く。

「それじゃあ、私たちはもう行くわね。いっくんがご迷惑をおかけしました。お休みのところ邪魔しちゃったわね、それともこれからお仕事かしら？」

「仕事はこれからですけど、まだ出勤までに時間はあるので……あ、そうだ！　大家さん、お餅とかいりません？」

「お餅って、あのお餅？」

はい、お正月に食べるあれです。

私は軽く事情を説明し、もらってくれたら助かりますと訴えた。少しでも数を減らしたいのが本音だ。大家さんは一星くんに「お餅だって。いっくんは食べる？」と聞いている。一星くんはコクリと頷いた。

「それじゃあ、悪いけどいただこうかしら」

「よかった、今すぐ取ってきますね！」

いくつあげようか悩んだが、私は小包から餅のパックをひとつだけ摑んで、適当なビニール袋に入れた。あげすぎても相手が困るだろう、私のように。

「まあ、本当に切り餅がいっぱいねえ」

「お家で好きなようにして食べてください」

そこでボソッと、「おしるこ」と呟いたのは一星くんだ。

この子なりのリクエストなのかな。いいよね、おしるこ。私も冬には甘くてあったかいおしるこを食べたくなる。ぜんざいもよし。

でも『おしるこ』と『ぜんざい』の違いって、わりと曖昧だよね。正確に知っている人って少ないんじゃないだろうか。一番上の姉から聞いた情報によると、関東と関西で定義が変わるんだって。

関東では、汁気のあるものを『おしるこ』、汁気がなくて餅に餡子をかけたものを『ぜんざい』と定義。関西では、どっちも汁気はありだけど餡子の種類で分かれていて、こし餡を使ったものを『おしるこ』、つぶ餡を使ったものを『ぜんざい』と定義するらしい。

おいしければ私はなんでもいいんだけど！

「ありがとうねぇ、またお礼するわ」

「いえ、以前にたくさん自家製の立派なネギをいただきましたし、こちらこそ、そのお礼ということで」

大家さんの趣味のひとつが家庭菜園で、彼女の家には本格的な畑がある。そこで穫りたての長ネギを分けてもらったことがあるのだが、スーパーで買うものと比べてやはり新鮮さがワンランク上だった。

温やっことか鶏肉入り卵とじうどんとかに使って、存分に堪能させてもらったな。

「ネギは四ツ平ちゃんが、大雨の日に社の補強を手伝ってくれたお礼だったでしょ？」

「あれ、そうでしたっけ」

お礼のお礼のお礼で……無限ループになっちゃいそうだな。

大家さんは「じゃあ、こうしましょう」と手を打つ。

「四ツ平ちゃんは、私にお餅をあげたいからあげただけ。だから私も、四ツ平ちゃんにまたお野菜をあげたいから、今度持ってくるわ。今は水菜が旬だからぜひ食べてほしいの。これでシンプルよね？」

「ああ……ははっ、確かにそうですね」

物言いがなんだかかわいい大家さんに笑ってしまう。

それから大家さんは、右手にお餅の袋を下げて、左手で一星くんの手を引いて去っていった。最後の最後まで、一星くんはニコリともしない無表情を貫いていたな。

「うーん……なんとなく気になる子だよね」

フクタのことを感知された件もあるけど、あの子供なのに妙に冷めているというか、達観した目がどうにも引っかかる。

……また、会える機会があるといいな。

大家さんたちが帰ったあと、私は餅のパックの置き場所に迷い、送られてきた小包に入れたまま、台所の棚の上に片付けておいた。ダラダラと身支度や家のことをしながら、まだ余裕があるから大丈夫！　と悠長に構えていたのに、いつの間にやらバイトに向かう時間。

お昼はバイト先でまかないをいただくつもりなので、なにも食べずに家を出る。

カンカンカンと錆びついた階段を下りきったところで、私は「ん？」と瞬きをひとつ。

「またあの人……」

一度見たら忘れられない、冬なのに派手なアロハ姿のファンキーおじいちゃんが、またしてもいた。しかも前はアパートの傍らの街灯のところだったのに、今はアパートの入り口の真ん前に立っている。

あそこを通らないとバイトに行けないんだけど……。

「また同じアロハとサングラスだし……怪しすぎる」

この人のこと、大家さんに伝え忘れちゃったな。

関わってはいけないと、肩に掛けたバッグの紐をぎゅっと握って、速足でさっさと通り過ぎようとする。

だけどまさかの展開で、「おう、そこの嬢ちゃん」と声を掛けられてしまった。

私もバカ正直に立ち止まったので、後の祭りである。

「な、なんですか？」

「嬢ちゃんはこのアパートの住人だろう？　なにか困っていることはないか？」

「困っていること……？」

「例えば、そうだなあ。部屋で変な生き物に絡まれているとか」

ファンキーおじいちゃんは顎髭をさすりながら、軽薄な笑みを口元に乗せている。

……もしやこの人も、大家さんや一星くんと似た力の持ち主なのだろうか。

しかし「おかしな」やら「変な」やら、立て続けに散々な言われようだ。たまごとはいえ一応神様なのに。

いや、ちょっと待って。本当にこのおじいちゃんに、そんな力があるのかはわからなくないか？

ただそれっぽいことを言って、こちらを不安にさせて高い壺とかを売りつける詐欺師かもしれない。『この壺を買うと、その変な生き物を祓（はら）えますよ』なんて言って。雰囲気的にも詐欺師の路線の方が合いそうだ。

ここは変に肯定せず、彼の話には乗らないようにする。

「別に……そんなことはありませんが」

「そうか。まあ、それならいいんだけどな」

意外にもおじいちゃんはあっさりと引いた。

すうっと細められた目を見て、初めて気づく。おじいちゃんの目は、日本人らしい黒じゃなくてグレーだ。透き通るようなきれいな灰色。

「忙しいところ、引き留めちまって悪かったな。もう行っていいぞ」

「は、はあ」

「また近々、お前さんとは会うことになりそうだがな」

近々？　私と？

意味ありげなことを呟く彼に、これはさすがに真意を問いただしたかったが、バイトの出勤時間が差し迫っている。これ以上、このおじいちゃんに構っていては遅れてしまう。

「そいじゃあな、麻美の嬢ちゃん」

手をひらひらと振られ、仕方なく場を後にする。

曇天の下、黙々とアスファルトの上を歩んでアパートが遠ざかった頃に、ようやく私はハッとして足を止めた。

「……私、名乗ってないよね？」

自己紹介をした覚えなんて皆無だ。

だけどあのファンキーおじいちゃんは、ハッキリ「麻美の嬢ちゃん」と、私の名前を馴れ馴れしく呼んだ。

「何者なの、マジで」

全身に走った寒さは、外の気温の低さのせいではないだろう。

今度大家さんに会うときには絶対に報告しようと思い直して、私はなんとか頭を切り替えて、バイト先のファミレスへと向かうのだった。


「あー、もう！　なんなのよ、アイツ！」

ファミレスの休憩室に、怒り心頭な店長の声が響き渡った。

パン子が「どうどう、落ち着いてください店長」と宥(なだ)めている。

今は昼のピーク時も乗り切り、正面に店長、隣同士で私とパン子が座り、まったりテーブルを囲んでまかないタイムを送っているところだ。

本日のまかないは『目玉焼き載せジャンバラヤ』。

『ジャンバラヤ』とはアメリカのスパイシーなお米料理で、具材はソーセージや鶏肉などの肉類、玉ねぎやパプリカなどの野菜類だ。ピリッと風味の利いたご飯が、舌を楽しませてくれる一品だ。

　ここのファミレスのジャンバラヤはお子様にも優しい仕様なので、そこまで辛みは強くなく、目玉焼きが辛さの緩和にも一役買っている。

　私がマイペースにウィンナーとお米を咀嚼している間も、店長の怒りは止まらない。

「どう考えたってあの野郎、私にだけ態度が違うじゃない！　他の人にはニコニコと挨拶するくせに、私にはしかめっ面で明らかに雑な対応！　喧嘩を売っているのかしら？許せないわ、吉影（よしかげ）！」

　キツネ顔の店長の吊り目が、キリキリとさらに吊り上がる。

　彼女を怒らせている吉影さんとは、最近ここのファミレスに新しく出入りするようになった、配送業者の男性だ。いつも笑顔の好青年で、テキパキ働く姿はスタッフたちから非常に受けがいい。清潔感のある黒髪が爽やかなイケメンくんだしね。

　だがそんな吉影さんは、対店長には愛想が死滅している。店長にだけぶっきらぼうな受け答えをしたり、店長とだけ露骨に目を合わせなかったり。

　その理由は単純明快。

「吉影さんって、絶対に店長に気がありますよね。なにか惚れるきっかけがあったとか聞きましたけど……アピールが不器用すぎて、本人にはまったく伝わっていませんよね。

傍から見れば一目瞭然なのに」

コソコソと耳打ちしてくるパン子に、私は「だね」と同意する。

実を言えば私は、その『惚れるきっかけ』であっただろう場面に、ちょうど居合わせていたりもした。

吉影さんの会社は、主に冷凍食材の配送をしてくれているのだが、吉影さんの前は別の担当者がいた。しかしその人は仕事が雑で、段ボールの置きかたが乱暴だったり、一緒に来た後輩を私たちの前で怒鳴ったりと、スタッフ間での評判は正直悪かった。

吉影さんが初めてうちに来たときも、引き継ぎも兼ねてかその人とセットだったのだが、「荷物のチェック作業が遅い！」とか怒鳴られていたっけ。実際は遅くもなく、むしろ丁寧にしてくれてこちらは好印象だったのに。

そこでついに見かねた店長が、「彼はよくやってくれていると思いますけど！」と吉影さんを全面的に庇ったのだ。性根の悪い前担当さんを口先で言い負かし、吉影さんに「今度からよろしくお願いするわね」と快活に笑いかけた。

その瞬間、ズキューンだかバキューンだか、とにかく吉影さんのハートが射抜かれる古典的な音が私には聞こえた。

まあ私も、あのときの店長はカッコよかったと思うし、惚れるのもやむなしな気はする。

店長は極度の恋愛音痴なところを除けば、仕事もできて周囲に気遣いもできる〝いい女〟なのだ。その点、吉影さんは女を見る目があるとも言える。

ただここで厄介なのは、吉影さんもまた、イケメンのくせに恋愛音痴であるということ。店長への好意の示しかたがあまりにへたなため、マイナスに受け止められてしまっているのが現状だ。

いまや全スタッフが、このチグハグな恋模様をハラハラと見守っている。

「けっこうお似合いだと思うんですけどね、店長と吉影さん。年齢的にはアラサーの店長より、吉影さんの方がふたつかみっつ下だけど、私は年下の彼氏は大いにアリです。私の今彼も年下ですし」

「パン子の彼氏、年下なんだ。でも店長は年上派だからなあ」

「でもでも、吉影さんは店長の好きなマッチョですよ！」

「甘いわよ、パン子。店長はガテン系でもっとムキムキな感じがタイプなの。吉影さんの細マッチョは微妙にストライクゾーンから外れているのよ」

おまけに店長はやたら男性の筋肉にうるさいのだ。

パン子と秘密の会話を続けていたら、店長から「ちょっとそこ、私の話はちゃんと聞いているの⁉」とお叱りが飛んだ。

「今度会ったら文句言ってやるつもりなんだから、効果のある悪口を一緒に考えてちょうだいってば！」

「悪口って、店長」

子供じゃあるまいし。

一星くんの方が精神的に大人びていそうなくらいだ。

本当に吉影さんの想いは、店長に微塵（みじん）も届いていないんだよなあ。吉影さんも吉影さんだが、店長も店長だ。

――ああ、だけどこういうときこそ、〝あの子〟の出番かな。

ここ数日は見かけておらず、今も店長のそばにはいないみたいだけど……たぶんどこかで、この恋の成就のために頑張っているのだと思う、あの神様のたまご二号は。

「クリスマスまでに、吉影さんが報われるといいですね」

「ね」

またもやパン子に同意し、私はほどよく焼けた目玉焼きを頬張った。

時刻は深夜十二時。

ファンキーおじいちゃんのことや、店長と吉影さんのことなど、今日はいろいろあったけど、私にとっての一日の本番は今。この、多くの人が寝静まった夜の時間帯だ。

ライター仕事用のメールフォルダに、新しく来たお仕事の依頼メール。

その文面を前に、私は眉間にぐぐっと皺を寄せていた。

「『クリスマスに向けて、女性受けのするロマンチックなテーマのコラムをお願いします』……ロマンチックなテーマねぇ」

いつもお世話になっている旅行会社のWEBサイトでは、毎月その季節の行事に合った、短めの雑多なコラムを掲載している。何人かのライターが持ち回りで書いているのだが、来月の担当は私。

あらかじめ身構えていた仕事とはいえ、相変わらずの〆切のギリギリさと、抽象的な依頼内容には頭を抱えてしまう。

ロマンチックなテーマってなによ。

「クリスマス関係のロマンチックな話なら、例えばサンタの伝承とか、クリスマス自体の成り立ちとか……？　でもこのへん、確か去年のコラムに似たことが書かれていた気がするのよね。被りは避けたいし……」

文字数は少なめなので、その中で書ける面白いテーマをまずは決めなくてはいけない。

〆切も余裕がないから、早急に。

「ロマンチック、ロマンチック、ロマンチック……」

ぐるぐる考えながら単語を繰り返す。

いいアイディアが浮かばなくて、だんだんと『ロマン』が『マロン』に聞こえてきた。

マロングラッセとか食べたいなあ、あの栗を甘く甘く砂糖漬けにしたオシャレなお菓子。

ダメだ、脱線してきた。

「……待って。この前どこかで、『ロマンチックだな』って感じたことなかったっけ？」

あれは、そうだ。一星くんの名前を聞いたときだ。

一番星の、一星くん。

「そのまま、テーマに『星』とかどうだろう」

単純だが、悪くないんじゃないか？

クリスマスツリーのてっぺんに星あるし。

あれって確か、イエス・キリストが生まれたときに輝いていたっていう、大きな星が元よね。『ベツレヘムの星』っていうんだっけ。

その星に絡めた内容にして、コラムのラストを『クリスマスはカップルで星空デートなどはいかがですか？』の一文でまとめれば、この旅行会社が毎年冬に企画している

『星空ナイトツアー』の告知も入れられる。けっこういい料金するのよね、あのツアー。だけど会社側は推していたはずだ。

　おお、いいじゃん！　書けそう！

「一星くん、ありがとう！」

　本人からすればなんのことやらだろうが、ヒントをくれたお礼をひとりで述べておく。

　このまま一気に書き始めてしまいたいところだけど、この案件はいったん、今夜はここまでかな。書きだす前に下調べは念入りにしておきたいし、一晩頭を寝かせてから取りかかりたい。

「さて、次は脚本を書こうかな。休憩にお夜食でも挟んで……」

「あーさーみー！」

「うわっ！」

　──メール画面を閉じようとしたら、背後からドンッと衝撃が。

　間違えて削除ボタンをクリックするところだった。

「もうもう、わらわは限界よ！」

「びっくりした……ムスビじゃない。久しぶり」

　振り向けば、フクタと同じ年頃のかわいらしい女の子が、私の背中にぺったりと張り付いていた。

薄桃色の布地を重ねた天女のような格好に、『双髻（そうけい）』と呼ばれるふたつ作られたお団子頭。ふわりと纏う羽衣にはうっすら入った『縁』の文字。

彼女の名はムスビ。

我が家に訪れるふたり目のお夜食泥棒こと、『縁結びの神様のたまご』だ。

「最近来ないと思ったら、予想どおり大変そうね」

「大変も大変よ！　ようやく花音（かのん）に良縁を繋げられそうで、相手も先に花音に惚れて、こんな千載一遇の『ちゃんす』は滅多にないというのに！　肝心の花音が鈍いのだもの！　わらわはいつになったら課題を終わらせられるのよー！」

高飛車な印象の美少女顔にありありと不満を浮かべ、ムスビは愚痴を勢いよく吐き出す。紅色の猫目には〝お疲れ〟の三文字もはっきり窺えた。

縁結びの神様のたまごである彼女も、一人前の神様になるため、フクタのように人間界で課題に取り組んでいる。彼女の課題はズバリ、『恋愛的な良縁を対象の人間に結ぶこと』なわけだが、その対象が厄介な相手で苦戦中だ。

そして厄介な対象というのが、なにを隠そう店長である。店長の名前は塩井（しおい）花音だ。

クルリと椅子を回して、私は宙に浮くムスビと相対する。

「昼間はさ、対象のそばに張り付いていることが多いって前に聞いたけど、店長の周りにはいなかったよね。どこに行っていたの？」

「正孝の方よ」

「正孝？　……ああ、吉影さんの下の名前か」

「花音の方に仕掛けるより、今は正孝の動向を見守っていた方がいいと思ってね。でもあっちはあっちで、恋愛には奥手で嫌になるわ」

私の予想どおり、ムスビは課題クリアのために、店長と吉影さんをくっつけようと奮闘しているところのようだ。

頑張ってほしい、切実に。

うちのファミレスのスタッフ一同、ムスビを応援するよ。

「そんなわけで、わらわは大変お疲れよ！　今すぐ甘い供物を捧げなさい、麻美！」

「夜食にデザートを作ってください、ってことね……」

やれやれと立ち上がる。

ちょうどお夜食で休憩しようと考えていたから、別にいいんだけどさ。

台所に向かう私の後ろから、ムスビが羽衣をふわふわさせてついてくる。フクタもだが、この子は私が夜食を作る過程をそばで観察するのが好きらしい。

「デザートにするなら……ムスビはお餅って食べられる？」

「わらわは甘くておいしいものならなんでも食べるわよ」

スイーツ狂め。

だがそれなら、大家さんに分けてもまだまだ大量にある餅を、少しでも消費できそうだ。

「今夜のお夜食は『はちみつミルク餅』でいくわね」

ムスビと合わせてふたり分ということで、用意するのはミニサイズのココットをふたつ、お餅をふたつ。

ココットは無地の赤と青。どちらも百均で購入したものだ。使い勝手がよくて見た目もかわいいから、色違いで購入した。

ムスビは赤が好きだし、私は青い方かな。

手始めに包丁を握って、ひとつの切り餅を六等分に切っていく。別に四等分くらいでもいいんだけど、細かければ細かいほど、餅が溶けてとろとろになりやすいんだよね。

もうひとつの餅も切って、計十二個のミニブロックができた。それらをそれぞれのココットに放り込む。

まずは試しに自分用から……ということで、青いココットの方に牛乳を注ぐ。

「お餅に牛乳なんて合うのかしら？　真っ白じゃない」

「これが合うのよ、また」

牛乳に餅が浸かってしまえば、ムスビの言うようにココットの中身は真っ白だ。

そこにふんわりとラップをかけて、６００Ｗで一分ほど加熱。時間はご家庭のレンジによるけど、様子を見つつ加熱時間は調整かな。なにより吹き零れやすいので、爆発しないように注意しなくてはいけない。

前に一度失敗して、大惨事になったっけ……。

牛乳と餅が電子レンジの中まで真っ白に染めたときは、深夜に掃除をする羽目になったものだ。

「ムスビ、戸棚からはちみつを取って」

「仕方ないわね、取ってあげるわ。ええっと……これね！」

「そうそう、それ。ありがとう」

ムスビが戸棚をゴソゴソしているうちに、レンジでの加熱は終わった。

熱が冷めないうちに、溶けだした餅と牛乳をスプーンで素早くかき混ぜる。そこにムスビから受け取ったはちみつも加えてもうひと混ぜし、再びラップをしてレンジにぶち込む。

「ああ、甘い匂いがしてきたわ！」

ムスビは両手を頬に当てて、うっとりと紅の瞳をとろけさせている。

加熱したお餅よりとろとろなんじゃない？

「できたら最後にまたくるくる混ぜて……はい、完成！」

五分とかからず、本日のお夜食『はちみつミルク餅』の出来上がりだ。

スプーンで掬（すく）えば、とろーんとなめらかに伸びるお餅に、ムスビが「わあ！」と歓声をあげる。

それをパクッと一口。

「うん！　おいしい！」

お餅ってけっこう胃に重たいと思うんだけど、牛乳に溶かしたことで、本当にこれでお餅一個分なのかな？　って疑うくらい食べやすくなる。甘さ加減もちょうどよく、ミルクとはちみつの優しい味わいに癒される。

「わ、わらわにも！　わらわにも！」

「待って待って。ムスビの分もすぐ作るから」

すっかりもうひとつココットを用意したことを忘れて、ひとりでどんどんミルク餅を堪能してしまった。

私の青いココットに熱視線を注ぐムスビを宥めて、サクッと彼女の分を完成させる。

「ほら、熱いから気をつけてね」

はちみつミルク餅の入った赤いココットを差し出せば、ムスビは嬉々として飛びついた。お子様らしく、餅が伸びる様をスプーンで弄って遊んでから、ようやく実食。

「んー！」

彼女は空中でスプーンを咥えたまま、ジタバタと身悶えた。

どうやらめちゃくちゃおいしかったらしい。

「これはすばらしいわよ、麻美！　切り餅がこんなふうに変身するなんて！」

「気に入ってくれたならよかった。個人的には、最後に砕いたナッツを加えたり、少しシナモンを足したりすると、味のバリエーションが出ておすすめだよ。あとは、はちみつの代わりにジャムを入れるとかね」

「『すとろべりーじゃむ』や『ぶるーべりーじゃむ』なんかでも楽しめそうね！」

ジャムだと色合いも出るので、よりかわいく仕上がるかも。

私はこのはちみつのほどよい甘さが好みなんだけどね。

ついそのまま食べ切っちゃいそうになったけど、台所で立ち食いもお行儀悪いので、ムスビとミニテーブルの方に移動する。

ふたりでミルク餅のとろとろ加減を味わいながら、話す内容はもっぱら店長と吉影さんのことだ。

「正孝はねえ、あの端整な容姿に明るい性格で、仕事もできるから、当然ながら異性には人気があるわ。お付き合いした経験も過去にないことはないのよ」

「そりゃあ、吉影さんはモテるだろうね。店の前を通った女子高生たちが、たまたま裏口から段ボールを運び込む吉影さんを目撃して、『イケメンがいる！』とか騒いでいるのを見たことあるし」

女子高生の集団にきゃーきゃー言われても、本人は涼しい顔だった。だから女性の扱いなど手慣れているのだろうなと思いきや、店長には不器用極まりない態度なので首を傾げたものだ。

「これまでは相手から迫られるばかりで、自分から『あぴーる』したことはないようよ。ついでに過去、お付き合いした女性はみんな年下ね。花音のような年上に、自分から惚れたのは初めてみたい」

「あー、わかるかも。確かに吉影さんは、余裕のある年上のお姉さんより、年下のかわいい子に好意を持たれそうなイメージ……というかすごいね、ムスビのその情報。どこから仕入れてくるの？」

「わらわはたまごとはいえ縁結びの神よ。対象の人間に関わる相手の恋愛歴くらい、神の力で簡単に調べられるわ」

フクタよりも力自体は強いらしいムスビは、ふふんと鼻を高くする。

彼女が徳の溜まらない腹ペコな落ちこぼれになっているのは、その力が強すぎて空回りがちなことと、主に店長のせいだ。恋愛べたな彼女が難敵すぎて、いつまでたっても課題をクリアできないせい……うちの店長が本当にすみません。

「わらわをあのヘッポコ福の神と同列にしないことね」

「フクタといえば、特別試験はどうなの？　回避できそうなの？」

竈神のマドくんとうちに来たのは一週間ほど前か。あのときに試験のことを聞いたんだったよね。

一昨日の晩にもフクタが来て顔を見てはいるのだが、進捗を聞けば「この調子でいけばなんとかなりそうじゃ！」などと余裕をかましていた。本当か……？　と疑いながらも、夜食をあげてエールを送っておいたけど、その姿が最後だ。

今ごろ試験回避のために奔走しているのかな。

ムスビは「さあ？」と興味なさそうに唇を尖らせる。

「わらわだって、花音のことだけで手一杯なのよ？　ヘッポコ福の神のことまでわからないわ」

「それもそうか……ムスビも課題の正念場って感じだもんね」

「だけど、わらわは回避なんて無理だと思うわ。フクタだし」

「フクタだしね」

女子会とはだいたい男子には辛辣な会合である。

「フクタが試験を受けるとしたら、担当する試験官は福の神ではない、違う神が来るでしょうね。この時期だもの」

「なに、時期とか関係あるの？」

「あるわよ。今の時期、正式な福の神たちは年末年始に向けて忙しいの。一番忙しいのは年神(としがみ)たちだけど、福の神も年神を手伝ったり、初詣で『神頼み』をする人間たちの願いを精査したりと、毎年働き詰めなのよ」

「へえ、神様たちも人間社会みたいに繁忙期があるのね」

しかも『年神様』なる存在も、やっぱりいるんだと感慨深く思う。同じ〝家に現れる系〟の竈神もいるんだから、そりゃいるか。お正月はそもそも年神様を家にお迎えして、一年の幸せをもたらしてもらう行事だって、どっかで聞いたことがある。

門松は年神様が家に来るための目印なんだよね。

「わらわたち縁結びの神はそこまで忙しくもないわ。たまごの段階ではさせてもらえない仕事も多いから、わらわも詳しくは知らないけれど」

ハムッとスプーンを咥えるムスビ。一口食べるごとに「はわあ」と餅よりとろけるので、見ていておもしろい。

「フクタの上司も、そんな忙しい時期にわざわざ試験を実施しなくてもいいのにね」

「あえて年を越す前に、フクタに機会を与えたとも考えられるわよ。年内中に面倒ごとを片付けたいのかもしれないわ」

「なるほど。どんな神様が試験官として来るんだろう……って私たち、もう当たり前にフクタが試験を受ける前提で喋っているよね」

「仕方ないわよ、フクタだし」

「フクタだしね」

同じくだりを繰り返して、ムスビと一緒にコクコクと頷き合う。

近々また泣きついてくるだろう、フクタの姿を想像しながら、私は甘いはちみつミルク餅を残さず味わい尽くしたのだった。

★腹ペコ神様レシピ★
一人用

はちみつミルク餅

材料

- **切り餅** …… 1個
- **牛乳** ……… 50〜60cc
- **はちみつ** …… 大さじ1杯

1. 切り餅を六等分に包丁で切る。
   ※細かければ細かいほど、餅が溶けやすい!
2. マグカップやココットなどの耐熱容器に切った餅を入れ、しっかり浸かるように牛乳を注ぐ。
3. ふんわりとラップをかけて、600Wで一分ほど加熱。
   ※吹き溢れないように注意!
4. 熱が冷めないうちに、餅と牛乳を素早くかき混ぜる。そこにハチミツを加えて、もうひと混ぜする。
5. 再びラップをして、30秒ほど加熱したら完成!

加熱時間は、お餅のとろけ具合を見て調節してね

お餅がとろーり伸びて、はちみつ風味が優しいデザートよ! お子様でも安心して食べられるわ!

三章　土地神様とバター醬油汁なしうどん

日曜日の今日は、バイトがシフトの都合で珍しく、早出の早上がり。

そのことを私はすっかり失念していたのだけど、昨晩のムスビとの『はちみつミルク餅』をお供にした女子会中に思い出し、慌てて布団に入った。さすがに脚本は書けなかったし、朝起きたときはベッドと添い遂げたくて仕方なかった。

眠い体に鞭打ちって朝七時に出勤し、お昼のピークタイムを前に退勤。働いているうちに眠気は吹っ飛んだけど、滅多にない早出は深夜族で朝が苦手な私にはやはり合わない。

今回は急にシフトに入れなくなった早朝スタッフの代わりだったけど、なるべくご勘弁願いたいものだ。

それに、私にとっての早出のデメリットはまだありまして……。

「えっ、よつみん先輩ってもう上がりですか？　あ、早出だからか！　じゃあ、まかない食べられないじゃないですか！　今日のまかないはあの新メニューなのに！」

「言わないで……メニューを聞いて残業したくなっているから……」

ずっと気になっていた『五目あんかけ汁なしうどん』の日だったとは、悔しいことこの上ない事態だ。キッチンスタッフさんに頼めば、食べてから帰ることもできるだろうけど、さすがにランチタイムの仕込みで忙しい時間に頼むことは心苦しい。

同情を孕(はら)んだパン子の眼差しを背に、私はお腹を空かせながら泣く泣くアパートへと帰宅した。

「さっさと部屋に行って、自力で汁なしうどんを作ってお昼に食べよう……って、あれ?」

汁なしうどんへの熱意を燃やしつつ、アパートの軋む階段を上っていた途中で、意外な人物を前に足を止める。

「……一星くん?」

階段の途中にちんまりと腰かけて、本を読んでいる一星くんがいた。

先日会ったときと同じ、星柄の紺のジャケットを着て、ピクリとも動かない能面のような無表情をキープしている。私の呼びかけにゆるりと顔を上げて、ペコッと軽く頭を下げると、また本の世界に戻ってしまう。

ブックカバーがされていて表紙は見えないが、ずいぶんと分厚い本だ。まだ小さいのに読書家なのかな。

「あら。お帰り、四ツ平ちゃん。珍しいわねぇ、こんな時間に」

「あ、大家さん」

階段を私の後ろから上がってきた大家さんは、マイ工具箱を携えていた。

なにか直すために来ていたのかな？　と工具箱に視線を留めていれば、大家さんは「社の屋根がまた壊れそうだから、ちょっとね」と微笑んだ。

アパート内にある社もまた、このアパートに負けず劣らずのオンボロ具合なので、定期的に修繕が必要だ。大家さんはとてもマメにおこなっている。

「いっくんもね、一緒に行くって聞かないから連れてきたの。お家に残すのも心配だしね。でも車で待っていてって言っても、狭いところでジッとしているのは嫌みたいで……」

「こんなところで本を読んでいたら風邪を引いちゃいますよ」

チラッと一星くんを見れば、表情には出ないものの寒そうに体を震わせている。大家さんも何度も言い聞かせたあとなのだろう、困ったように「だから早く、修繕を終わらせようと思って」と眉を下げている。

「でも、まだ時間がかかりそうなんですよね？」

「ええ。さっき始めたばかりだから、急いでやってもあと三十分はかかるわ。今はいっくんの様子を見に来ただけよ。かわいそうに、寒そうだし……今日はもう切り上げた方がいいかもしれないわね」

「それなら……」

これが一番いい方法だろうと、私は提案する。

「大家さんの修繕が終わるまで、一星くんを私の部屋で預かりますよ。このあとこれといった予定もありませんし。本人さえよければ」

「あら、いいの？」

「はい」

どうせ我が家には、ふたりのうるさい子供が夜限定だが出入りしている。この前はマドくんも来ていたし。おとなしい一星くんを三十分程度保護するくらい、私にはなんの問題もない。

「それならお言葉に甘えてお願いしようかしら。いっくんもそれでいい？」

「……うん」

黙々と本を読みながらも、私たちの話はしっかり聞いていたらしい。一星くんは短く了承すると、パタンと本を閉じて立ち上がった。

私が手を差し出せば、小脇に本を抱え直して、戸惑いながらも握ってくれる。拒否されなくてよかった。

「じゃあ、修繕が終わったら私の部屋まで迎えにきてください。一星くんと待っているので」

「ありがとうね、四ツ平ちゃん」

「いえいえ。行こうか、一星くん」

一星くんはただコクンと頷く。

本当に物静かな子だ。

部屋に案内した後も、彼は借りてきた猫のようで、ローテーブルの近くの壁に背を預けて、淡々と読書を再開している。

一度だけ、私に「おかしな気配、増えている？」と聞いてきたが、会話はそれきりだ。

増えている気配というのは、昨夜訪問したムスビのことだろう。

「うーん、と……」

ひとりで昼御飯を食べるわけにもいかず、私の方が手持ち無沙汰で困る。

お、お茶でも入れようかな？

一星くんの邪魔をしないよう、そろそろと台所に移動しようとする。しかしそこで、きゅるるるっとかわいらしい音が室内に響いた。

「今の音……一星くん？」

見れば一星くんは、恥ずかしそうにほんのり頬を染めていた。

新鮮な反応がかわいいなと思ってしまう。

これがフクタだったら、腹の音と共に「我は腹ペコだぞ、麻美！　夜食を作るのじゃ！」と催促していることだろう。

「お昼はまだなの？」

「……ううん。おばあちゃんの作った、あったかいお蕎麦は食べた」

「あ、食べたことは食べたんだね。お蕎麦だけ？」

「野菜のかき揚げが載ってた」

『野菜のかき揚げ蕎麦』か。

大家さん家の野菜のかき揚げなんて、自家製の新鮮なニンジンやらゴボウやらをたくさん使っているだろうし、絶対においしいだろうな。うどんもいいけど蕎麦もいいよね。ズルズルとすすりたい。

だけど一星くんには、少し物足りなかったみたいだ。

小食そうなイメージだったけど、けっこうご飯はモリモリ食べるのかな？

それなら食後のデザート的な品を用意してあげればいいかも。なおかつ、外で冷えた体を温められるものを。

「ちょっと待っていてね」

私はそう告げて、昨晩ムスビに振舞ったものと同じ、『はちみつミルク餅』をパパッと作る。ただ同じといってもアレンジを加えて、はちみつじゃなくて純ココアと砂糖を入れてみた。

一星くんの好みがわからなかったけど、ココアはお子様はみんな好きだろう……という偏見に基づいて。

昨晩使ったココットは未洗浄だったので、マグカップで代用。手の小さい一星くんでも使いやすい、手頃なものを探したら、いつぞやのドラッグストアの福引で当てたものしかなかった。

これなあ、フォルムとかは悪くないんだけど、描いてあるイラストが何度見ても不気味なんだよね。

ネコなのかイグアナなのかウミウシなのか不明な生物をイメージキャラクターにするって、あのドラッグストアもなかなか挑んでいる。

ちなみにこれ、フクタ専用みたいなところあるんだけど、今回は一星くんに出しちゃった。本人はキャラを一瞥しただけで、興味なしって感じだったけど。

今は本を傍らに置いて、両手で持ったマグカップの中身をじいっと見つめている。

「……これ、ココア？」

「うん。あ、ココア嫌いだった？」

フルフルと首を横に振る。

嫌いではないらしい、よかった。

「そっか、よかった。それね、お餅が溶けているの」

「おもち……？」

「とろっと伸びるから、スプーンで掬って食べてみて。あ、熱いから火傷しないように
ちょっとずつね」

最初は未知の食べ物に警戒していたようだけど、一星くんは「いただきます……」と
呟いて、カップの中に挿しておいたスプーンを摑んだ。

やっぱり「いただきます」が言える彼は、礼儀がきちんとしている。

「……！」

おそるおそる口に含んだ途端、一星くんの目が微かに見開かれた。それからスプーン
がどんどん口に運ばれていく。

ムスビのようにわかりやすい反応ではないけど、これはお気に召したのかな？

「えっと、おいしい？」

「ん」

コクコクと首を縦に振り、夢中で『ミルク餅～ココアバージョン～』を食べ続ける一星くん。

私はそんな彼の近くに座って、掻っ込みすぎて喉に詰まらせないか見張った。普通の餅より溶けている分、詰まらせることはないだろうけど、餅による窒息事故も多いと聞くので……念のためね。

「ごちそうさま、です」

一星くんは勢いのまま、あっという間に完食。

私は「お粗末様です」と返して、空になったカップを受け取る。その際に視界を過(よぎ)ったのは、一星くんの傍らの分厚い本だ。

「これってどんな本なの？」

思い切って聞いてみた。

餌付けに成功したため、そろそろコミュニケーションが取れるかもと踏んで。

案の定、お腹が満たされたことでちょっとだけ心を開いてくれた一星くんは、ごくごく小さな声で「……星の本」と答えてくれた。

「星？　あ、もしかして辞典とか図鑑なのかな？」

「そう、図鑑」

　一星くんが私の方にずいっと本を押しやる。

　私はカップをローテーブルに置いて、それを手に取って開いてみた。

　本を一ページめくれば『星座図鑑』とタイトルが飛び込む。子供向けの図鑑のようで、写真とイラストつきでわかりやすく季節の星座が解説されていて、文字にはほとんど振り仮名もついている。

　名前の通り、一星くんは星が好きみたいだ。

「星かあ……。実は私もね、一星くんの名前にインスピレーションを得て……って言ってもわからないかな？　とにかくお仕事関係で、星について調べようとしているところなの」

「っ！　お姉さん、星に詳しいの？」

　立ち上がらんばかりの勢いで、一星くんが食いついた。

　いつも凪いだ目をしているのに、瞳の奥にキラキラとした輝きが宿っている。

「ご、ごめんね、別に詳しくは……」

「……そっか」

「あっ、で、でも！　これから勉強するから！　きっと一星くんの方が詳しいだろうし、よかったら私に星について教えてくれる？」

露骨に落ち込む一星くんに、慌ててフォローも兼ねてそう頼んでみたら、一星くんは「いいよ！」とよいお返事をしてくれた。

やっと子供らしい一面が見えた気がする。

「お姉さんの星座は？」

「私は八月生まれの獅子座かな」

私の答えを聞くや否や、一星くんは逆さまの向きから図鑑を覗き込んで、素早く獅子座のページを開いてみせる。

何度も読み返していて、ページのだいたいの位置も把握しているのだろう。

「獅子座はね、ライオンの形になっていて、お空でも見つけやすい星座なんだ。ライオンの胸のあたりで一番光っているのが、一等星のレグルス」

「レグルス？」

「『小さな王様』って意味」

「へえ……」

小学生の知識だと侮るなかれ。

一星くんは獅子座を形成する星のひとつひとつや、獅子座の成り立ちの物語などを、図鑑をほとんど見ずに語ってくれた。

興味のあることなら子供は貪欲に学習する……なんてことを、いつかのテレビのバラエティー番組で教育関係者の人が言っていたけど、あれは事実らしい。一星くんの星座の知識は大人顔負けだ。

なにより、星について話す一星くんは饒舌で、無表情は変わらないものの、その生き生きとした姿にほっこりしてしまう。

「獅子座は他にもね……」

「一星くんは、本当に星が好きなんだね」

それはポロッと、口から出た感想だった。

私としては何気なく零しただけ。

だけど——なぜか一星くんは、ピタリと喋るのをやめてしまった。

「一星くん……？」

「……ダメだから」

「え？」

「好きだって、言っちゃダメだから」

それはいったいどういう意味なのか。

一星くんは俯いて、すっかり気落ちしてしまっている。

せっかく打ち解けてきたのに、私はなにか地雷を踏んだようで、重苦しい沈黙が室内に満ちた。

それこそまるで、さっきまで輝いていた星がいきなり消えて、一転して暗闇になったみたいだ。

「い、一星くん、あの……」

どうにか場の空気を払拭しなくては。

だけどうまく言葉が出てこず、情けなくもオロオロしていたら、チャイムの音が響いて大家さんが来てくれた。

ナイスタイミングです！

「四ツ平ちゃんのおかげで社の修繕が終わったわ。雪が降ったときを想定して、また新しく補強はしなくちゃいけないけど。ほら、うちの地域ってそこまで降らないって油断していたら、昨年はどっさり降ったでしょう？　備えあれば憂いなしよね」

「そ、そうですね。あの……」

「板をまた用意して……ああ、そちらはなんともなかった？」

「は、はい。一星くんもいい子にしてくれていましたし……ところで、それは……」

一星くんと連れ立って大家さんを玄関で出迎えたわけだが、なぜか彼女は工具箱の代わりに、新聞紙にくるまれた水菜を抱えていた。

これはデジャヴ。

ネギをもらった場面の再来だ。

「ほら、この前会ったときに、お野菜をあげるって言っていたでしょう？　今は水菜が旬だからって」

「そういえば……！」

「もしかしたら四ツ平ちゃんに会えるかもと思って、アパートに来る前にこの水菜を車に積んでおいたんだけど、今の今まですっかり忘れていたの。渡さずに帰るところだったわ。はい、どうぞ」

「わっ、ありがとうございます！　相変わらず、大家さん自家製の野菜は立派ですね」

受け取った水菜は、葉の先までハリとツヤがあり、見るからに新鮮さが伝わってくる。かなりの上物だ。

水菜は冬が本番だっけ？　鍋料理やサラダで使う他にもいろいろなレシピに活かせて、私も好きな野菜だ。

すぐにしおれて、あまり日持ちしないのが難点だけど。そこに気を遣ってか、大家さんがくれた水菜は、ネギのときのようにたくさんではなく、ひとりでも食べきれそうな量だった。ありがたい。

「おいしく調理して食べてね。今日はとっても助かったわ。それじゃあ、私たちはそろそろ帰りましょう。ほら、いっくん。こっちにおいで」

大家さんに手招きされて、私の後ろにいた一星くんは「うん」と答えると、素早く靴を履いて大家さんと並んだ。

気落ちした様子からは回復したようだけど、あれはなんだったんだろう……。

「……またね、お姉ちゃん」

「う、うん。またね、一星くん」

去り際、頭を下げる大家さんの隣で、一星くんは私に小さく手を振ってくれた。

それに振り返しながらも、心の中ではモヤモヤとした引っ掛かりが残ったのだった。

店内には、軽快なお店のテーマソングが延々と鳴っている。

大家さんたちを見送ったあと、のんびり昼食を取るつもりが、私はご近所のドラッグストアに来ていた。例のマグカップのイメージキャラクターが不気味な店だ。

いただいた水菜もレシピに加えて、「いざ、汁なしうどんを作るぞ！」と意気込んでいたのに、まさかの冷凍うどんが冷凍庫になかったのだ。前回使ったときラスト一玉だったことをうっかり失念していた。

それなら今日は時間もあるしと、ここまで足を運んだわけである。

スーパーまで行かなかったのは、ここより若干遠いのと、ドラッグストアは本日ポイント三倍デイだから。庶民な私は『ポイントカード』という文化が大好きである。

「こんなところかな」

カゴの中には、少なくなっていることを思い出した歯みがき粉、ストック用の歯ブラシ、おつとめ品だった魚肉ソーセージ、あればあるだけ食べる食パン、新作のチョコレート菓子、肝心の冷凍うどん……などなどが詰め込まれている。

目的の物以外は買わない予定だったのに、来たらいろいろ買っちゃうのよね……。

「ありがとうございましたー」

間延びした店員さんの声に見送られ、パンパンに膨らんだエコバッグを腕に掛けて店を出る。

途端、漂ってくるのは香ばしい香り。

「たこ焼きだ……！」

入り口横には、たこ焼き屋さんのキッチンカーが停まっていた。ここのドラッグストアは入り口がふたつあり、来たときはこっちを通らなかったから今まで気づかなかった。

ああ、香りによる誘惑がすごい。

ついつい足を止めてしまう。

車の上部に掛けられたメニュー表に載っているのは、ソース、ネギ塩、明太子マヨの三種類。オープンになっている窓からは、頭にタオルを巻いたいかにも体育会系な青年が、次々とたこ焼きをひっくり返す様が見える。

青年は作業をしながらも、お客さんと言葉を交わしているようだ。お客さんは今のところそのひとりだけで、近所の公立高校のブレザーを着ている。

日曜日なのに学校帰りなのかな？

というか、背格好に見覚えが……。

「――画伯くん⁉」

「……えっ！　あれ、四ツ平先輩⁉」

振り返ったのは、メガネをかけた線の細い少年。

素朴な見た目の彼は、うちのファミレスで一緒に働いている、後輩の竹村吉光（たけむらよしみつ）くんだ。

あだ名は『画伯くん』。将来は美術教師になるのが夢で、絵を描くのがとてもうまいからそう呼んでいる。

「なんだい、吉光くんの知り合いかい？」

「あっ、はい。バイトの先輩で……」

「へえ、そうかい。それなら世話になっている相手なんだな！」

気安いやり取りから、たこ焼き屋の青年と画伯くんこそ、知り合い関係なのだとわかる。聞けば従兄弟(いとこ)なのだとか。

「実は店のチラシとか、キャラのデザインとかを吉光くんにしてもらったんですよ。俺からお願いして」

青年は快活に笑いながら、たこ焼きを焼く手をいったん止めて、「ほらこれです」と私にチラシを手渡した。

赤を基調としたポップなデザインのチラシは、人目を惹きそうだし凝っていてセンスを感じる。チラシに添えられている、たこ焼きに手足が生えて顔が描かれたキャラクターは、おいしそうなのに愛らしい。

ドラッグストアのイメージキャラも、画伯くんがデザインした方がよかったのでは？と思わせる出来だ。

さすがだねと褒めれば、画伯くんは恥ずかしそうに頬をかく。

「僕のクオリティなんてまだまだで……こういうチラシデザインとかは初挑戦でしたし。でも兄さんは気に入って採用してくれて、謝礼としてたこ焼きを焼いてくれると言うので、今日は部活帰りに受け取りに来たんです」

「美術部の活動、がんばっているみたいだね」

「今度はコンテストとかにも挑戦してみたくて」

バイトでも勤務態度が真面目な彼は、部活動への姿勢も真面目なようだ。

青年は私たちのやり取りを前に、「先輩と仲がよくてよかったなあ」などとしみじみ呟いている。従兄弟といったが、本当の弟のように画伯くんをかわいがっている様子だ。画伯くんも『兄さん』と呼んでいたし。

「吉光くんはとっても優しくていい子なんだが、昔から内気で黙々とひとりで絵を描いていてなあ……早くいい友達や仲間ができてほしいって、俺は常々気を揉んでいたんだよ」

これはむしろ、兄目線というより親目線？

画伯くんが顔を赤くして「だ、大丈夫だって！」と声を張る。

「バイト仲間の皆さんは親切だし、部活に入ったおかげで好きなことを一緒にできる友達もできたから！」

「……『好きなこと』か」

私が反応したのはそこだ。

「ねえ、画伯くん。画伯くんは絵を描くのが好きよね？」

「えっ？　ど、どうしたんですか、突然」

「いや、確認というか……」

「もちろん、好きですけど」

唐突な質問に面食らいながらも、画伯くんはしっかり答えてくれた。

反して脳内で浮かぶのは、一星くんの「好きだって、言っちゃダメだから」とこぼした時の暗い姿で……彼はどうして、あんなことを言ったのか。

考え込む私に、画伯くんが「四ツ平先輩？」と心配そうに顔を覗き込んでくる。

私は「ごめん、なんでもないよ」と取り繕って、そろそろこの場を去ろうとした。

せっかくなのでたこ焼きを買って帰ろうか悩んだけど、冷凍うどんやらなにやらを買い込んだあとだし……と、泣く泣く諦めて。

しかし、意外なところから引き留められる。

たこ焼き屋の青年だ。

「吉光くんがお世話になっているなら、たこ焼きを一パック持っていってくださいよ。

すぐにできますから。当然、お代はけっこう！」

「ええっ⁉　い、いいんですか⁉」

「吉光くんを今後もよろしくなって気持ちです、気持ち」

なんて気前のいいお兄さんなのか。

だがさすがにタダでもらって帰るだけでは申し訳ないので、また次に必ず買いに来る約束をした。キッチンカーがここで営業する曜日も聞いたし、今度ベランダで会ったら有馬さんあたりにも宣伝しておこう。

それからたこ焼きを受け取ったわけだが、肌寒いけど天気はよかったので、場の流れで画伯くんと近くの公園で食べて行くことになった。

敷地はそこそこ広いけど、遊具はブランコにすべり台、それから砂場があるだけのうらぶれた公園。私たち以外に人の影はない。

それなので気兼ねなくベンチに並んで座り、ふたりそろってたこ焼きのパックを開けた。

ふわっと漂うのは、白い湯気とソースの匂い。

とっくにお昼の時間は過ぎたというのに、まだ昼食を取っていない腹ペコ状態の私には、視覚からも嗅覚からも攻撃は効果抜群だった。

もう我慢できず、できたてのたこ焼きを勢いよく頬張る。

「はふっ……！　あっついけど、外側はサクッと、中身はトロッとでおいしい！　一個が特大サイズなだけあって、中のタコも大きいね」

「は、はい！　兄さんのたこ焼きは太っ腹で絶品です！」

一個が大振りなたこ焼きは、爪楊枝で食べるのには苦労したが、口内で旨みが炸裂するとんだ爆弾だった。これが六個入りであのお値段はだいぶお得だ。

今回は王道にソースでいただいたけど、次に自分で買うときはネギ塩や明太子マヨも食べてみたい。

「それで、あの、四ツ平先輩。さっき突然、なんで絵を描くのが好きかどうか聞いたんですか？」

「あー、あれはね……」

ふたつ目のたこ焼きを咀嚼したところで、ずっと気にかけていたらしい画伯くんに、手短に一星くんのことを話す。口の端に青のりをつけたドジっ子な画伯くんは、聞き終えると「そういうことですか……」と難しい顔をした。

「きっと『言っちゃダメ』だって思う、なにか理由があるんでしょうね」

「たぶんね。それまでは星のことを楽しそうに語ってくれていたのに、急に暗くなっちゃったし……」

「僕には理由まではわかりませんけど……好きなことを好きだって言えないのは、きっとつらいことですよ」

画伯くんの言わんとしていることは、私も理解できる。

私だって〝脚本を書くこと〟が好きだけど、学生時代ならまだしも大人になってもそうだとは、他者にはずっと言い辛かった。

もしかして、一星くんも似たような理由なのかな……？

それならなおさら気になってしまう。

本人に尋ねるのが一番だろうけど、一回餌付けに成功して獅子座について話しただけの間柄では、たぶん教えてはくれないだろう。さりげなく大家さんに聞いてみるべきかな……でもなあ。

うんうんと悩む私に、画伯くんは「その子がちゃんと、『星が好き』って言えるようになるといいですね」と気遣わしげな目を向けてくれた。

心からそう願ってくれているのがわかるから、画伯くんはいい子だ。

「ありがとうね、画伯くん……ただひとつ」

「はい？」

「口に青のりついているよ」

「えっ⁉」

真っ赤な顔で慌てて口許を拭う画伯くん。

ただ見当違いなところを拭っているため、変わらず青のりはついたままだ。

「と、取れましたか⁉」

「惜しい、もっと右！」

そんな彼にほのぼのと癒されつつ、私はふわふわと踊るかつお節ごと、大口を開けて三つ目のたこ焼きをむさぼった。


「やっばい、寝落ちした……！」

布団をはね飛ばして、ガバリと起き上がる。

時計を見ると、時刻は深夜十二時を回ったところ。

いつもより早出のバイトに、一星くんの訪問、ドラッグストアの買い物帰りに画伯くんと遭遇と、小刻みにいろんなことがあったせいだろうか。私は夜の八時ぐらいにお風呂に入ってから急激に眠たくなってしまい、ゴロリとベッドに横になった。

ちょっと仮眠を取るつもりだったのだが、ガチで寝てしまったらしい。

「明日……って、もう今日か。今日のバイトは通常どおりのお昼前出勤だし、起きて仕事しなきゃ……」

星について書くことになったコラムは、まだ下調べの段階だから文字にするのは後回し。他のいくつか被っている仕事を先に始末して、そちらに専念できるようにしておきたい。

あと脚本の〆切もじわじわ迫っているから、そっちもやらないと。

だけどその前に……。

「……お腹空いたな」

なにか口にしたのは、画伯くんと食べたたこ焼きが最後。

夕食は取っていない。

あのボリューム満点なたこ焼きを一パック空にしたら、粉ものなだけあって胃にけっこうきたのだ。昼食というには遅かったし、結局いつもまかないを食べる時間と変わらず、空腹サインが寝る前には点灯しなかった。

だけど寝起きの今は、サインはピカピカと激しく光っている。

「先にお夜食かな」

『腹が減っては戦はできぬ』って言うしね。

メニューはすでに決まっている。昼からずっと食べ損ねているアレだ。

「汁なしうどんを作ることは決定！　早く仕事に取りかかりたいし、手間の少ない材料で……」

昼なら同じ汁なしうどんでも、もう少し凝ったものを作ったかもしれないが、お夜食となれば『手早く、簡単に、ちょこっと小腹を満たすだけ』という、私の夜食作りのモットーが適用される。

もちろん『でもおいしく！』ね。

「おつとめ品だった魚肉ソーセージを一本使って、戸棚に缶のコーンもあったよね。大家さんの水菜で野菜も取りたいから、うどん自体はコッテリ味でもアリかも？」

ブツブツとレシピを組み立てながら、台所に立つ。

よし、レシピも決まった。

手始めに冷凍うどんの解凍から。深めの皿に冷凍うどんを一玉載せて、電子レンジにかける。その間に魚肉ソーセージを輪切りにしていく。

魚肉ソーセージってさ、個人的にあらゆる面で最強だと思うんだよね。安くて長期保存が可能、栄養価が高いのにヘルシー、そのまま食べても十分おいしいし。子供の頃はおやつとしても活躍してくれたものだ。

「フライパンで焼くと、お酒のおつまみにもなるもんね……っと」

魚肉ソーセージの素晴らしさについて考えているうちに、うどんの解凍が終わった。

柔らかくなったうどんに、バター、醤油、塩コショウを加えてまんべんなく混ぜる。

そこに切った魚肉ソーセージと、コーンも投入して再加熱。

「さて、大家さんの水菜の準備も……」

まだ瑞々しい水菜は、いかにも食べ応えがありそうだ。

大家さんが手塩にかけて育てたことが伝わってくる。

水菜は大雑把にカットしてサッと洗い、加熱後のうどんの上へ最後に盛って……。

「——本日のお夜食『魚肉ソーセージとコーンのバター醤油汁なしうどん』、完成！」

いそいそとミニテーブルに移動して、さっそくいただく。

ちゅるんっと麺を口に含めば、舌にジワリと広がる、バターと醤油の味わいがなんとも癖になる。これは強い。

「やっぱりバターと醤油の組み合わせは相性最高！　風味も抜群！　このふたつがそろえば間違いなし！」

私のテンションが一気に上がる。

具材の魚肉ソーセージとコーンも、バター醤油にうまい具合に絡んでいる。普通のソーセージだと全体の味がやや濃くなりすぎるから、人によって好みもあるだろうが、この私のレシピだと魚肉ソーセージが正解だ。

さらに水菜のあっさりしたシャキシャキ感がプラスされたら、バター醤油のこってりさを緩和してくれるので、無限に麺をちゅるちゅるイケてしまう。

「まかないで逃した『五目あんかけ汁なしうどん』とはまったく違うけど、これはこれで大満足……あっちもそのうち絶対食べてやるけど……ん？　そういえば、あれ？」

一気にうどんを半分まで胃に収めたところで、なにかを忘れていることに気づく。確か寝る前に、起きたらしようって考えていたことがあったよね。

なんだっけ……あ！

「店長からのメッセージ、返信してない！」

内容を見るだけ見てすっかり抜けていた。

仕事に関する火急の用件ではなく、またしてもいつぞやみたいな合コンのお誘いだったから、返信を後回しにしたわけだけど……さすがにそろそろ返さねば！

しかし箸を置いて、バタバタと周辺でスマホを探すが見つからない。

どこかに置き忘れた？

そもそも、どのタイミングで私はメッセージを見た？

「そうだ、お風呂場だ」

入浴前に見たんだ！

探しに行けば案の定、スマホは脱衣かごに取り残されていた。

店長からのメッセージを改めて開けば、「吉影の奴が今日も嫌味でムカついたから、ストレス発散に合コンに行こう！　アイツ、私のこと嫌いすぎじゃない？」などという、なんとも頭の痛い文が目に飛び込む。

そうそう、これにどう返そうか悩んだのもあって、返信を先送りしたのよね。

合コンは前回の元カレとのエンカウントで懲りたので、私は申し訳ないがお断りするけど、ムスビのためにも吉影さんへのフォローは入れておこう。

「ええっと、『合コンはごめんなさい、不参加でお願いします。それと吉影さんは、店長のことを嫌いではないと思いますよ。なにか誤解があるのかもしれないです』……こんな感じで大丈夫かな」

脱衣かごの前で立ったままスマホを打って、ポチッと送信。

むしろ店長が合コンに行く情報を吉影さんが知れば、関係を進めるためのスパイスになりそうだが、そこまで私は関与しない方がいいだろう。人様の恋愛に首を突っ込んでいい第三者は、縁結びの神様くらいだ。

「さすがに店長はもう寝ているかな」

　バイトの出勤時に返信が遅れたことは謝ろう。

　そう考えながら、スマホを部屋着のポケットにしまったときだ。

「ん？」

　ミニテーブルのある方から、微かに声が聞こえた。

「フクタかムスビかな？」

　ふたりセットな可能性もある。

　もはやいつものことなのでたいして身構えもせず、私は汁なしうどんの心配だけをして部屋に戻った。

　しかし、そこにいたのは、あのうるさいお子様たちではなかったのである。

「あ、あなた……なんで……!?」

「よう、麻美の嬢ちゃん。邪魔しているぞ」

　テーブルの前に胡座をかいて座っていたのは、あのファンキーおじいちゃんだった。

　特徴的な顎髭もアロハも健在だ。

　しかも勝手に人の箸を使って汁なしうどんをすすっていやがる。

「ふ、不法侵入……！　警察……！」

「待て待て、いったん落ち着けって。ほれ、うどんでも食って」

「それ私の！」

差し出された器を、両手でバッと奪い取ろうとする。

その寸前で背後から「や、止めるのじゃ、麻美！」と、子供特有の高い声で制止がかかった。

「そのおかたを怒らせてはならぬ！　たまごなどでない、正式な土地神様じゃぞ！」

「土地神様……？」

ファンキーおじいちゃんの存在感が強すぎて気づくのが遅れたが、フクタも部屋にいたらしい。器に伸ばしかけた私の腕を、宙に浮いてアワアワと必死に摑んでくる。

ファンキーおじいちゃんが、足を組み換えてニヤリと笑う。

「そう、わしはこの街一帯を守護する土地神だ。名はジチン。近年じゃあ、人間からの信仰の減少で力は弱まってはきているが、これでも神としてはベテランでな。わしの住み処の社はお前さんも知っているだろう？」

大家さんがいつも気にかけていて、私も修繕を手伝ったことのあるあの社。そこに奉られている神様がこの人だなんて……失礼ながら、フクタたちとは違った意味でありがたみが感じられない。

でも、アパートの前にいた理由も、私の名前を知っていた理由も、あの社の神様だというならそれとなく察せられる。

あとさ、私の記憶が確かなら……。

「土地を守る神様のくせに、土地を空けてバカンス中だったんじゃ……？」

まさかバカンス帰りだからアロハシャツなのか？

さてはハワイか、バカンス先は。

「神様だって休暇が欲しいんだよ。たまにはバカンスくらい楽しんでもいいだろう？よかったぞ、南の島は。海が青くてよお」

「やっぱりハワイじゃないですか！」

「わしだって一応、離れていても土地を守る力は働かせていたぞ？　悪神のたまごの被害がそこまで広がりすぎなかったのは、わしの力のおかげだからな」

「えっ、そうなんですか」

以前、私たちの街には『悪神』なる闇落ちした神様が現れて、人間に体調不良などを引き起こす悪さを働いていた。その被害に有馬さんや画伯くんも遭ってしまったのだ。

だがその悪神は、なぜか私と成り行きでお夜食を共にし、最終的には改心して神の国へと送還されていった。あのときのメニューもうどんだったなあ、そういえば。汁なしうどんじゃなくて、四ツ平家の母のレシピで作った『鶏肉入り卵とじうどん』。

泣きながらうどんを汁まで飲み干した、悪神くんの姿が浮かぶ。

彼はどうしているのかな。

元気に修行のやり直しに励んでいるといい。

「それにしても旨いなあ、この醬油とバターの利いた汁なしうどんは。やみつきになる味だ。夜な夜なこんな旨いもんを食っているとは贅沢だなあ、フクタの坊主」

「は、はい。麻美の夜食には世話になっておりますのじゃ！」

私がしんみり悪神くんのことを思い出しているうちに、ジチンさんはマイペースに食事を続けていた。もういいよ、その汁なしうどんは諦めた。

しかしフクタってば、やけにかしこまっているわね。

変な敬語使っているし。

「ねえ、フクタ。ジチンさんがあんたより偉い神様なのはわかったけど、どうして私の部屋に来たの？　あ、もとはジチンさんの神域だから、単純に今夜は寄ってみただけ？」

あえてジチンさん本人ではなく、フクタの方に尋ねてみる。私はまだイマイチ、ジチンさんとの接しかたがわかっていない。彼みたいな飄々（ひょうひょう）として摑みどころがない人って、どうにも苦手なのよね……。

だがジチンさんには、コソコソとフクタに尋ねた声は筒抜けだったようだ。

「そうさなあ……わたしはただ単純に、今夜はフクタがここにいたから、試験官として試験の内容を告げにきただけだ」

「それって……」

フクタは私の服の裾をぎゅっと握り、うるうると真ん丸な瞳を潤ませながら「頑張ったけどダメであった！」と、なんとも憐れな報告をしてきた。

うん、わかっていた。

フクタ、特別試験の受験決定！

予想どおりの展開です！

「ムスビと『フクタだし』って会話をしていたとはいえ、あっさり試験を受けることになるなんてね……しかもその試験官がジチンさん……」

ムスビが「おそらく担当する試験官は福の神以外になるわ」と言っていたが、手近なところで土地神のジチンさんにお鉢が回ってきたのだろうか。

これでフクタが、異様にジチンさんに萎縮しているわけが理解できた。

そりゃなるよね、ジチンさん次第でフクタの身の振りかたが決まるんだから。

「えっと、フクタが試験を受けることが確定したことは、この際いいとして」

「よくはないぞ！」

「試験の内容はなんなの？」

フクタの抗議はスルーして、好奇心半分で聞いてみる。

それはフクタも今から教えてもらうところだったようだ。

スッと、ジチンさんが意味ありげに目を細める。灰色の瞳が弧を描いて、夕空に爪痕のようについた三日月を彷彿とさせた。

「コイツに与える試験は、わしが指定した人物を『心から笑わせて笑顔にすること』だ。福の神らしい内容だろう？」

「笑顔に……確かに、福の神らしいですね」

「その人物の名はズバリ――三浦一星」

「えっ」

ここで一星くんの名前が出るとは思わず、私は驚きの声をもらす。

「一星くんって、あの……」

「わしの社を世話してくれている、このアパートの大家の孫だ」

同姓同名とかでもなかった。

正真正銘の一星くんだ。

フクタにとってはまだ見ぬ相手なのだろう、「そ、その一星という者を、笑顔にするだけでよいのじゃな⁉」と鼻息荒く確認を取っている。フクタの事前予想より試験が簡単そうだったからか、ちょっと希望を見出している様子だ。

私は一星くんの無表情を脳内に浮かべる。

……いやいや、彼を笑顔にするって、けっこう難題じゃないか？

好きなはずの星の話をしているときでも、ついぞ笑顔なんて見せなかったぞ。

「フクタ、前向きになっているところで悪いんだけど、一星くんはなかなか手強いお子様だよ。舐めてかからない方がいいよ」

「なぬ⁉　そ、そうなのか？」

「うん。でもなんで一星くんを……」

チラッと探るようにジチンさんに視線を送るが、彼は素知らぬフリで水菜を箸で摘み、ポイッと口に放り込んでいた。ほら、喰えない神様だ。

彼は顎髭と一緒に口をモゴモゴ動かしながら「期限は来月の二十五日までだぞ」と付け足した。

「もし期限までに笑顔にできなかったら、試験は失格。フクタの坊主は落ちこぼれ生活に戻るだけ……だと危機感がちっとばかし足りねえな。失格になったら、この神域への立ち入りを禁止するってのはどうだ？」

「ふぁっ⁉」

フクタが変な悲鳴を上げて、幼い顔に〝絶望〟の二文字を張り付ける。

あれ、これって私も関係あるのでは？

神域ってつまり私の部屋だし。

「もとよりわしの神域だしな。わしの一存で禁止にしても問題はない。なかなかいい罰だろう？」

「お、お待ちくだされ！　それはあまりにも厳しいのじゃ！　我の楽しみである麻美のお夜食が……！」

「試験に合格すればいいだけの話だろう？」

ジチンさんの言うことはもっともである。

フクタはペシャリと床に潰れた。車に轢かれたヒキガエルみたいになっている。

残りわずかになった汁なしうどんを無遠慮に平らげて、ジチンさんが器と箸を無造作にテーブルに置く。

「そんなわけで頑張れよ、フクタの坊主。麻美の嬢ちゃんも、神域に住んでいるよしみとして多少なりとも協力してやってくれ。多少な、多少。そんじゃあな」

ヒラリと手を振って、ジチンさんはアロハシャツを靡かせながら煙のように掻き消えた。

神様と聞いても内心半信半疑だったのだが、こうして物理法則を無視した能力を見せつけられると決定打だ。

いまだ潰れているフクタの頭を、私は頭巾の上からポンッと叩く。

「ほらフクタ、落ち込んでいる暇なんてあるの？　今度こそ本気出さなきゃ、試験合格なんて夢のまた夢よ？」

「そ、そうじゃ！　我のお夜食のために合格を勝ち取らねば！」

いや夜食のためか。

ムクリと起き上がったフクタは、単純なのでもう落ち込んではいなかった。不思議な光彩の瞳にはメラメラと闘志が宿っている。

「……まあ、ジチンさんも私の協力はＯＫって言っていたし、ちょっとなら一緒に考えてあげる。一星くんを笑顔にする方法をね」

「おお！　なんじゃ麻美よ、今回はやけにやる気じゃな！」

「一星くんのことは私も気になっていたからね」

常に無表情な彼の笑顔も、個人的に見てみたいし。

それに口には決して出さないけど、フクタが部屋に来なくなったら、それはそれで物足りないのだ。私の夜のお夜食タイムには、もうふたりのチビッ子神様がいることが当たり前になってきているので。

「麻美が味方になってくれるのなら、我は百人力じゃ！」

「はいはい」

小さな拳を握りながら「我はやるぞー！」と燃えるフクタを置いて、私は空の器を持って立ち上がる。目指すは台所。もう一度、ジチンさんに食べられてしまった今夜のお夜食を作り直すためだ。

景気づけにフクタにも半分分けてやろう。

だけどその前に、何気なくベランダの方に視線を遣る。

「……やっぱり見えないよね」

残念ながらこのあたりでは、一星くんの好きな星たちは、夜空であまり輝いてはくれそうにない。ガラス越しの空から視線を外して、私は台所へと足を進めた。

★腹ペコ神様レシピ★
一人用

魚肉ソーセージとコーンのバター醤油汁なしうどん

材料

・冷凍うどん	1玉
・魚肉ソーセージ	1本
・缶コーン	1/2缶
・薄口醤油	小さじ1杯
・有塩バター	小さじ1杯
・塩コショウ	少々
・水菜	適量

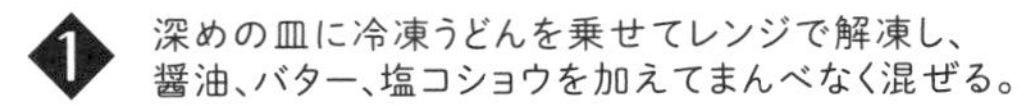

1. 深めの皿に冷凍うどんを乗せてレンジで解凍し、醤油、バター、塩コショウを加えてまんべなく混ぜる。
2. 輪切りにした魚肉ソーセージ、コーンを加えて600Wで1～2分ほど加熱。
3. 切った水菜を盛って完成!

バター醤油のこってりした味が、
魚肉ソーセージや水菜のあっさりした味と
調和するの。ついつい箸が進んじゃうよ!

我も食べたかったのじゃー!

四章　お出掛けとポケットサンド

「なるほど……それで、大家さんのとこの笑わないお孫さんを、どうにか笑顔にしてあげたいわけだね」

「はい……」

月の下で行われる、有馬さんとの『深夜のベランダ会議』。

一星くんのことを私が相談すれば、有馬さんは冷たい夜風にアッシュブラウンの髪を靡かせながら、「ふむ」と思案気に俯いた。

彼に相談したといっても当然、フクタの試験のことは喋ってはいない。有馬さんは大家さんみたいな不思議生物探知能力なんてないし、神様のたまご云々だって知る由もないのだ。

それなので私は「いつも大家さんにお世話になっている恩返しも兼ねて、孫である一星くんを笑わせたい」という体にした。この理由だってそういう気持ちも確かにあるから、別に嘘じゃない。

――フクタがジチンさんに特別試験を言い渡されてから、今日で二週間。

カレンダーは冬も本番な十二月に入った。

実はその間、私は何度も一星くんと交流している。

なんとあの『ミルク餅～ココアバージョン～』を振舞って以来、どうやら私はあの子に懐かれたらしい。

一星くんが「アパートのお姉ちゃんに会いたい」と言ってくれ、大家さんも雪害対策のために社の補強を少しずつ進めていきたいという事情もあり、うちのアパートにちょくちょくふたりで来るようになったのだ。

私もバイトのシフトがない日を、わざわざちゃんと大家さんに事前に伝えるようにした。そうすればすれ違うこともなく、大家さんの補強作業中は、私が一星くんを部屋で預かれるからね。

平日はもちろん、一星くんが小学校から帰ったあとなので、もはや臨時の学童みたいになっている。

学童の先生っていう柄でもないけど、大家さんには大変感謝され、私自身も好んで一星くんと交流しているのでそこは無問題だ。

問題は……親密度がアップした今でも、一星くんの笑顔が見られていないこと。

ちなみに一星くんをお預かり中、フクタも真っ昼間だろうが、現在は私の部屋にシレッと現れている。
というのも、一星くんがフクタの試験の『課題対象』になったことで、対象とセット
ならばいつ何時どんな場所でも出入自由になったのだそう。
よく考えればムスビだって、課題対象である店長がいるファミレスに、昼間も普通に
現れているしね。
ただここがややこしいところなのだが、単に私の部屋に朝昼入れても、夜じゃないと
『神域』としては機能しないらしく、フクタが私の部屋で夜以外に食事をすることは不
可能なのだとか。
私と一星くんがお昼のおやつを食べているときなんか、フクタは指をくわえて見てい
ることもしばしば。その姿につい同情心が湧いて、結局夜にまた現れたフクタに夜食を
作ることも増えた。
……食費、いつか福の神界に請求できないかな。
いや、たいした金額にもならないんだけど、気持ち的に。
フクタもフクタで、一星くん周りの『運』を操作して、野良猫と遭遇させてアニマル
セラピーで笑顔を引き出そうとしてみたり、お笑い番組がよく目につくようにしてみた
り……と、小手先の技であれこれ頑張っている様子は見て取れるが、これといった成果

がないのが現状だ。

「うん……やっぱりお孫さんの……が一番じゃないかな。麻美さんにとっての……みたいな……って、麻美さん？　聞いている？」

「えっ！　わっ、き、聞いていません！　ごめんなさい！」

ひんやりしたフェンスに肘をついて、ぼうっと回想に浸っていたら、有馬さんが喋っていたのに肝心なところを聞き流してしまった。

私が勢いで謝罪すると、「正直ですね」とクスクス笑われてしまう。

「お孫さんの好きなことを、思い切りさせてあげるのが一番じゃないかなって言ったんですよ。麻美さんにとっての演劇鑑賞みたいな」

「うーん、一星くんが星好きなことは知っているんですけど……」

最初に獅子座について教えてもらってから、今は順番に十二星座についての豆知識を、一星先生が無知な私に講義してくれている。

コラムの参考にもなったので一星くん様様だ。そのコラムもつい先日、完成原稿を先方にお送りしたら、「期待どおりのロマンチックな内容でいいですね！」と好感触だった。

……星について語っている一星くんは、確かに楽しそうなのになあ。

「笑うまではいかないんですよね、なんか一歩足りない感じで」

やはり満天の星でも見せなければ笑ってくれないのかな。

大家さんに聞いたところ、一星くんが引っ越してくる前に住んでいた場所は、ここより田舎で夜空にはいつだって星がいっぱいだったそうだ。そういう環境で育ったなら、星好きにもなるよね、うん。

でもさすがに、遠出して星を見に連れていくのは大変だし、それこそ『星空ナイトツアー』にでも申し込まなくてはいけない。

ついでにあの「好きって言っちゃダメ」発言の真意も、まだわからないまま。

一星くんは本当に手強いお子様だ。

「それならさ、プラネタリウムとかどうかな？」

ポンッ！　と、有馬さんが役者らしく、芝居がかった動作で手を打つ。

「二駅くらい行ったところに、科学館があるのは知っている？　館自体はそこまで大きくないんだけど、あそこのプラネタリウム、リニューアルオープンしてから人気らしいですよ。なんか最新の投影機器を導入したとかでさ。お子様連れ大歓迎の施設だし、お孫さんも楽しめるんじゃないかな」

「それ、すっごくナイスなアイディアです！」

さすがは有馬さんだ。

私は科学館がそんな近くにあることも知らなかったし、プラネタリウムの存在自体を失念していた。なんで思いつかなかったんだろう、本物じゃなくても星を楽しむ方法は身近にあるじゃないか。

「科学館の方も展示の他に体験コーナーが多いらしいから、一日遊べるかもね」

「さっそく大家さんと一星くんに提案してみます！　私のバイトが、今週は珍しく日曜日が休みなので、その日にでもさっそく行けないかなって」

「善は急げですね」

そうそう、急がないとフクタの試験も危うくなる。

どうして私が、こんなにヘッポコ福の神のことを気に掛けねばいけないのかって、ふとした瞬間に真顔になるけど……やっぱり請求しようかなあ、食費。

「でも本当なら、その科学館のプラネタリウムに俺も行きたいんだよね。役作りの一環としてさ」

「あっ、そっか。有馬さんも星座をテーマにした、漫画原作の舞台に出るんですもんね」

タイトルも覚えている、『君と星空のカレーとスープ』……あれ、違うな。これ絶対に違う。

「うん、『君と星空のカレイドスコープ』ね」

「そ、そう！　それです！」

思考がすぐにご飯のことに繋がる己を恥じる。

今度こそ覚えましたよ！

「しばらくスケジュールが空きそうにないんだけど、空いたら絶対に行くつもり。だから麻美さんが下見してきてくれないかな。どうだったか感想教えてほしいです」

「下見ですね、かしこまりました」

「それでさ、次は俺と行こうよ」

「有馬さんと……？」

それって、もしかしなくても有馬さんとふたりきりで、プラネタリウムを見に行くということ？

「麻美さんには二回目になっちゃうけど、よかったら。俺は麻美さんと行きたいな」

まさに夜空に輝く星のように、キラキラな笑みを湛（たた）える有馬さん。

だいぶ冷えてきたなあと感じていたのに、じわっと体に熱が宿る。

……いったんここで深呼吸しよう。

この隣人は性格がわりかし天然であり、加えて職業柄もあってか、こちらが照れる台詞をなんの躊躇もなしに吐くことがある。まさしく今みたいにね。

だから一般的には〝デートのお誘い〟とも取れるこの申し出も、本人に他意はまったくないのである！

「ダ、ダメかな？」

「じゃあ決定だね、楽しみだなあ」

にこにこ顔の有馬さんに対し、私は気恥ずかしくていたたまれない。もうこの話題から離れたくて、ごまかすように「そ、そうだ！　今夜のお夜食をまだ渡していませんでしたね！」と、いったんベランダから逃げようとする。

しかし途端、有馬さんはへにょりときれいな形の眉を下げた。

「それがね、麻美さんのお夜食はすっごくすっごくすっごくいただきたいんだけど、明日の朝がいつもより早くて。そろそろ寝なくちゃいけないんだ」

「なにかあるんですか？」

「早朝から新幹線に乗って、遠方でやるトークショーにゲスト出演。しばらく向こうにいるから、戻るのは来週の水曜日くらいになるかな」

「来週……」

うまく今週末に一星くんたちと出掛けられたら、次に有馬さんに会うときにプラネタリウムの感想が報告ができるかな。

「戻ったらまた、麻美さんのお夜食が食べたいです。俺もお菓子のお土産買ってくるよ。麻美さんのお夜食に釣り合うような、とびきりおいしいやつ」

「私の夜食に釣り合うなら、質素で手抜きなものになりますが……」

有馬さんは私の簡単お夜食を、三ツ星レストランのディナーかなにかと勘違いしている節がある。

そこで今夜の『深夜のベランダ会議』はお開きになり、私はフェンスにくるりと背を向けた。

だけど去り際、有馬さんが「俺と次にプラネタリウムに行く予定も、くれぐれも忘れないでくださいね？」なんてイタズラっぽく付け足してきたので、一度は引いた熱がまたぶり返してしまった。

どうにか「わかりましたから！」と返事はして、動揺がバレないようにあたふたと室内に入ったわけだが……。

「おやおやおやおやおや」

「あらあらあら」

　部屋では知らぬ間に来ていた神様（未満）が二柱、空中にふよふよ漂いながら、全力のニヤケ面で私を待ち構えていた。

「よもや麻美が『でぇと』の誘いを受けるとは！　あの隣人の男とよき仲になったのなら先に申せ、隠していたなど水くさいのじゃ！　まあ恋人ができようと、麻美と一番仲良しなのは我だがのう！」

「縁結びの神であるわらわからしても、あの男はアリ寄りのアリよ！　『いけめん』だし誠実そうだし、麻美に送るお菓子の『ちょいす』も悪くないから、『ぽいんと』は高いわ！　あと麻美と一番仲良しなのはわらわよ！」

　盛大な誤解を抱いたまま、二柱は「麻美の一番は我だ！」「わらわよ！」と言い合いを始めている。どっちでもないしどっちでもいい。

　しかも机にあった本日の私のお夜食は、明らかにつまみ食いされた痕跡があった。

「ばーか、ばーか！　ムスビの高飛車神！」

「なによ⁉　それならお前は赤点神でしょー！」

「こら！　低レベルな争いをしない！　それより私のグラタンを食べたのはどっち⁉」

　今宵のお夜食は『お餅の明太子グラタン』。

言わずもがな、『大量の餅を消費しようキャンペーン』メニューだ。

グラタン皿にお餅を二個分配置し、明太子に生クリームと溶かしバターを合わせたソースをどろっとかける。上に薄切りベーコン&ピザ用チーズを載せてあとはオーブントースターで焼くだけ。仕上げに刻み海苔を散らしたら完成だ。

我が家にグラタン皿はひとつしかないので、本来なら私の分を半分、有馬さんに取り分けてあげるつもりだった。だけど差し入れはなしになったので、ひとりで食べ切っちゃおうと考えていたのに。

今夜は二柱とも現れるのが遅かったので油断した。

そもそもこの二柱がそろうのは久しぶりだ。片方ずつなら頻繁に会っているが、かち合うことは少なかった。

「うむ、お餅のグラタンとは意外であったが、明太子ソースがもちもちのお餅と絶妙に絡み合い、非常に美味であるな！」

「チーズのとろとろ感と、お餅のもちもち感の『こらぼれーしょん』がいいのよ。ベーコンの塩っ気も全体の味を引き締めているわ！」

「つまりどっちも食べたのね……」

共犯だった。

グラタンは結局半分になってしまっている。

まあ、これはけっこうボリュームのある一品なので、半分くらいが夜に小腹を満たすにはちょうどいいのかもしれないが……。

「……だいたいあんたたち、私の恋バナで盛り上がる暇なんてあるの？　いや、別に恋バナじゃないけど。断じて違うけど」

有馬さんと私はあくまで仲の良いお隣さん、そして夜に頑張る同志だ。

そりゃあ、有馬さんは優しいし、気も合うし、互いの仕事にも理解があるし、たとえお付き合いをすることになっても、素敵な彼氏になるだろうけど……って、違う！　違う！　違う！

「と、とにかく！　ムスビは店長と吉影さんの恋バナの方が優先でしょ！」

「そう！　今夜はそれで吉報を持ってきたのよ！」

羽衣をひらりと靡かせて、「聞いて驚きなさい！」とムスビは指を突きつける。

「なんと正孝が、花音と連絡先を交換することに成功したわ！　ようやくね！」

「ええっ、吉影さんと店長が!?　いつの間に!?」

今日、というかもう日付が変わっているから昨日か。私はバイトが休みだったのだが、その間に進展があったとは。

「きっかけを生み出すのが大変だったのよ……吉影ったら奥手すぎて、いつまでたってもうだうだもだもだ……」

「あれは私たちスタッフも、見ていてじれったかったからなあ。いったいどんなきっかけを用意したの？」

「吉影と花音の『縁』を操作して、花音がパフェを運んでいるところに吉影を無理やりぶつからせたわ。吉影の作業着を汚したお詫びを花音がしたいと言って、その流れで連絡先交換に至らせたのよ。我ながらベタで強引な手だったけど、恋愛の発展には古今東西、こういう手法が効くものよ」

「す、すごい……なんかカッコいいよ、ムスビ！」

ついに強硬手段に出たかと戦慄はするが、ある意味では縁結びの神らしい手かもしれない。あの恋愛音痴すぎるふたりには、ムスビのようなアグレッシブな神様（未満）のサポートが必須なのかな。

「吉影なんて、家でずうっと花音の連絡先を眺めているのよ」

「もう涙出るよこっちが……」

「すべてわらわの功績ね！　さあ、存分に褒めるがいいわ！」

これには素直に私も「頑張ったね、お疲れ様」と、請われるがままにムスビの頭を撫でて、チヤホヤと褒める。いつもふんぞり返っているムスビだけど、こういうときは嬉しそうに頬を赤らめていてかわいらしい。

　ムスビは案外近いうちに、店長のせいで長引いていた課題をクリアしちゃうかもね。

　それなので私は、より心配な方に視線を遣（や）る。

「それで、あんたはどうなの、フクタ？　有馬さんのおかげで、一星くんをプラネタリウムに連れていくって案はとりあえず出ているけど、あんたもムスビを見習ってもっと頑張りなさいよ」

「むむっ、我だって負けじと考えてはおるぞ！」

　今度は自分のターンだと言わんばかりに、「はい、はい！」と短い手をあげるフクタ。

「まず隣人の提案は、部屋で盗み聞きしておったが我もよいと思うのじゃ！　だが今週の日曜日は、大家のご婦人は確か、ご近所の家庭菜園仲間の奥様から『れいずべっど』とやらの修繕を頼まれておったぞ」

「え、そうなの？」

　フクタはただいま、対象である一星くんにほぼ張り付いているから、必然的に大家さん周りの情報も入手している。

　なお『レイズベッド』とは、地面より高い位置にレンガや木で枠を作って、植物を栽培する花壇のことだ。知識は丸々大家さんからの受け売りだが、レイズベッドは市販より手作りする人も多いとか。

ＤＩＹが趣味で誰にでも親切な大家さんは、社以外の修繕もお手の物で、ご近所で頼りにされているみたい。

「でも困ったな……土日は今週末逃すと、私がしばらくフル出勤なんだよね」

なんとか時間をやりくりできないかなとも思ったが、科学館で遊んでプラネタリウムも見て、そこに移動時間も含めると、やはり一日丸々欲しい。大家さんの修理がどのくらいかかるかはわからないけど、慌ただしいスケジュールにはしたくない。

いっそ、一星くんだけでも連れていく？

でもそれも、なにかあったときのために、保護者枠が私ひとりじゃ不安だ。

「……平日だと一星くんが学校あるしなあ」

「ふっふっふっ、そこで我に任せよ！」

うんうんと悩める私に対し、フクタは不敵に笑う。

「任せるって、どうやるの？」

「我とて福の神のたまごじゃぞ？　ムスビが『縁』を操作するならば、我は人の『運』を操作できるのじゃ！」

「それはまあ、知ってはいるけど……」

知った上で、その能力がフクタの場合はショボいことを心配しているのですが。

「我とて多少なりとも成長しておる！　とにかく我に任せるのじゃ！　必ずよきに取り計らってみせようぞ！」

チラリと、ムスビと目配せをする。

どう思います？

ああ言っているのだし、やらせてみればいいんじゃないかしら。

目と目だけでそんな会話をしてから、私はフクタに「じゃあ、よろしく頼むね」と返した。

大家さんと一星くんとは、私のバイトが休みなので、今日の夕方頃に会うことになっている。そのときに予定を聞いてみるつもりだけど……うん。

「さあ、試験合格のために頑張るのじゃ！」

自信満々なフクタを横目に、私は食べかけのグラタンをスプーンで突きつつ、どうしても懸念が拭えなかった。

本当に大丈夫かなあ。

——さて、そんなフクタの意気込みを得て、大家さんたちと会う夕方を迎えたわけだが、結論としてフクタはとても頑張ったらしい。

「プラネタリウム！　とっても素敵な提案ねえ！　日曜日は空いているし、いっくんと一緒にぜひ行きたいわ！」

私の部屋の玄関で、マフラーに顔を埋めた大家さんが色めき立つ。そんな彼女の後ろには、例の『星座図鑑』を大事そうに抱えた一星くんもいた。

これから『麻美の臨時学童』を開くところだが、その前に大家さんにプラネタリウムのお話をしてみたところである。

「本当ならね、今週の日曜日は予定があったのよ。ご近所の家庭菜園仲間のお友達から、木材で組んだレイズベッドが壊れたから、直してほしいって」

はい、知っています。

心の中だけでそうお答えする。

「でもねえ、お友達の息子さんが、たまたまお家に大学の先輩を招待したらしいんだけど、その先輩が私と同じＤＩＹが趣味で！　私が直す前に手早く直してくれたそうよ。今思えば、四ツ平ちゃんとの用事と被らなくてよかったわ」

「わ、私もよかったです」

なるほど……フクタは大家さんの予定を空けるため、修理案件が無くなるように周囲の『運』を操作したんだな。やるじゃないか。

これで無事、三人で科学館に遊びに行ける。疑ってごめんよ、フクタ。

「いっくんも楽しみよねえ？　プラネタリウム」

「……うん」

大家さんの問いに、一星くんがこくんと頷いてくれたのでホッとする。

表情は変わらないけど、ちょっとずつ彼の感情が察せられるようになってきた。これはたぶん、わくわくしている。

なにより一星くんが楽しんでくれなきゃ意味がないしね。

それから大家さんと当日の打ち合わせを軽くして、いつもどおり大家さんは社の補強に、私は一星くんを部屋に招き入れた。

もう私の部屋に慣れきった一星くんは、勝手知ったるといった様子で、ローテーブルの近くの壁に凭(もた)れて図鑑を広げる。あそこが彼のお気に入りスペースらしい。

「寒くない？　電気ストーブつけようか」

「いい……おばあちゃんの車、暑かった」

「そっか。じゃあ飲み物とか飲む？　前にも出したヨーグルトラッシーとか」

「ん」

軽いおやつにもなる飲み物を準備しに、私は台所に向かおうとする。

しかしそこで、ポンッ！　と空中からフクタが現れた。緑にも青にも色を変える瞳は期待に満ち溢れていて、登場した瞬間から〝褒めて褒めてオーラ〟がすごい。

「どうであった？　どうであった？　麻美よ！　我が少し本気を出せば、ザッとこんなものじゃ！　我はやればできる子なのじゃー！」

「うんうん、正直驚いたわ」

そこに一星くんがいるのにも構わず、私は普通にフクタに応対する。

なぜなら……。

「フクタ、うるさい。今図鑑読んでいるから、静かにして」

「な、なんじゃと、生意気なお子様め！　我の活躍により、此度(こたび)は『ぷらねたりうむ』に行けることになったのじゃぞ！　我に感謝せよ！」

「したくない」

「むきー！」

そう、一星くんにもフクタが見えているから、別に隠す必要がないのだ。

通常であるならフクタたち神様（未満）の姿は、課題の『対象』に選ばれた人間だろうと認識はできないし、お昼時のこの部屋は神域ではないので、神域にいるから見えるというわけでもない。

一星くんの場合は、おそらく持ち前の霊感と、子供ゆえの純粋さの為せる業であろう……とは、ムスビの見解だ。フクタが一星くんのもとに参上した瞬間から、もう認識されていたらしい。

大家さんですら見えていないというのに、一星くんは将来有望（？）である。

「静かにしないなら頭のそれ、取るよ」

「な、なぬ⁉　我の頭巾を狙っておるのか⁉　末恐ろしいお子様なのじゃ！」

このとおりフクタと会話だって交わせている。

そのフクタといえば、情けなくも頭巾を守るように、両手でぎゅっと押さえていた。

一星くんにめちゃめちゃ舐められているのよね、フクタ。

神様のたまごのことなど、フクタは一星くんに「存在がバレたからには……」と一応説明したそうだけど、一星くんのフクタへの認識は『うるさい妖怪』らしい。大家さんと家で見た妖怪アニメで、フクタみたいなのがいたんだって。

「神に対しての礼儀がなってないのじゃー！」

ぎゃーぎゃーわめいているフクタは、自分が神様とすら認識されていない悲しい事実を知らない……。

フクタを無視して読書を再開した一星くんを置いて、今度こそヨーグルトラッシーを作りにいく。作るといっても、ガラスのコップにプレーンヨーグルトと牛乳を入れて混ぜて、軽くお砂糖を加えるだけだ。

ラッシーのなめらかな飲み心地が、私も一星くんもお気に入りだ。カレーとかとセットで飲むのがベターみたいだけど、単独で飲んでももちろんおいしい。

「はい、一星くん」

「ありがとう」

図鑑を閉じて、一星くんはゴクゴクとラッシーを喉に流す。

フクタは隅の方でいじけていた。体育座りをして「なんじゃいなんじゃい、我は頑張ったのにぃ」と床に愚痴を吐いている。

まったくもう……夜にまた来たら、ご機嫌取りはしておこう。

「一星くんはさ、プラネタリウムには行ったことあるの？」

ぷはっと一星くんがコップから口を離したところで、何気なく聞いてみる。一星くんは「ううん」と否定した。

「どんな場所かは知っているけど、行ったことはない。……前のお家の近くには、なかったから」

天然ものの星空に囲まれていたら、そりゃプラネタリウムなんていらないよね。でもプラネタリウムにはプラネタリウムのよさがあるし、初めての体験をぜひ満喫してほしい。

「……今日も、星座について教える?」

「うん、ぜひ聞きたいな。プラネタリウムに行く前の予習にもなるし」

「わかった。今日はさそり座ね。さそり座は夏の南の空に見えるんだけど、赤い一等星のアンタレスが目印で……」

途中でフクタの茶々が入りつつも、そうやって一星先生に星座講座をしてもらう。

いつもながら感心して話を聞いていたのだが、ポツポツと外から雨音が聞こえてきた。今のところは小雨っぽいけど、これはしばらく降り続きそうだ。

「大家さん、傘持っているのかな……」

気掛かりなのは、社の補強作業中の大家さんのこと。

もうそろそろ切り上げて、一星くんを迎えにくる頃だとは思うけど……「もう少しだけやってしまいたいわ」とか言って、このくらいの雨なら構わず作業を続行している可能性も無きにしも非ずだ。大家さん、そういうところはマイペースだから。

「おばあちゃん、傘は持ってなかったよ」

「だよね……」

冬場の雨になんて濡れたら、いくら小雨とはいえ風邪を引く。大家さんは若く見えてもただでさえお年だし、無茶はよくない。

念のため様子を見に行こう。

「一星くん、大家さんのとこにちょっと行ってくるけど、フクタと待っていてね」

「わかった」

ビニール傘を一本持って、私自身も傘をさして社の方に向かう。

大家さんは細かな雨に打たれながら、社に手を合わせていた。白髪交じりの髪が心なしかしっとりしていて、私は急いで駆け寄る。

「大家さん！　風邪引いちゃいますよ！」

「あら、四ツ平ちゃん」

ちょうど作業の最後にお参りをしているところだったというが、大家さんは案の定、突然の雨に慌てることもなくのんびりしていた。

傘を差し出せば、「ありがとうねぇ」と受け取って開く。

しまった、タオルも持ってくればよかった。

「四ツ平ちゃんの協力もあって、今日でやっと補強も終わったわ。雪が降っても、これでどうにか持ってくれるといいんだけども」

「……大家さんって、この社を本当に大切にされていますよね」

しげしげと社を眺める。

こぢんまりとした朽ちかけのお社だが、屋根だけ真新しい木板が打ち付けられていて、大家さんの努力の跡が窺える。

そういえばこの社は、ジチンさんの住み処でもあるのだった。常にフラフラしていそうなファンキーおじいちゃんの姿は見えないけど、ここに奉られている神様と会話したのかあ、私……と、今更変な気分になる。

「この神様は、古くから土地を守ってくださっているからねえ。敬意をはらって大切にしなきゃ。それに個人的にね、この神様にお願いしていることもあるの」

「お願い、ですか？」

「まだ内緒よ。叶ったら教えてあげる」

ふふっと傘を片手にイタズラっぽく笑う大家さんは、秘め事を楽しむ乙女って感じで、なんだかとても愛らしかった。

「さて、いっくんを迎えに行かなきゃね。トラブルとかはなかった？」

「はい。一星くんは今日もいい子にしていましたよ」

あとは何事もなく、大家さんは私の部屋まで来て一星くんを引き取っていった。

玄関から去る前に、「プラネタリウムの日が待ちきれないわね」と言い残していった大家さんに対し、一星くんは特にそういう発言はしなかったけど、きっと一番待ちきれないのは彼だろうな。

「誠にかわいくないお子様じゃ！」

「まあまあ」

プンプンと怒るフクタの頬をつつき、そう怒らないでよと宥める。

フクタには塩対応だけど、慣れた相手になら一星くんはわりと素直で、かわいらしいと私は思うけど。

今度こそ、一星くんの笑顔が見られるといいな。

＊　＊　＊

プラネタリウムを見に行く当日。

空には雲ひとつない快晴で、ここ最近では久々に気温も高く、まさに絶好のお出掛け日和だった。

科学館までは大家さんのワゴン車で向かうことになり、私は助手席でナビ係、一星くんはしっかりシートベルトをして後部座席に身を埋めていた。その隣には、バッチリついてきたおまけのフクタも。

道中、大家さんには見えていないものの、なぜかフクタが「楽しみじゃなー！」と一番はしゃいでいた。騒々しくて一星くんが顔を顰めていたくらいだ。

無事に着いた科学館は、二階建てで施設自体はコンパクト。

プラネタリウムは別館のようだ。

開館と同時に入れる時間帯に来たのに、日曜日なこともあってか、もうチラホラ人がいる。やはり家族連れが多い。

エントランスでもらったパンフレットによれば、施設は小規模でも中は充実しており、『物質やエネルギーについてのエリア』、『人体や生命についてのエリア』、『宇宙についてのエリア』……とテーマごとにエリアが分かれていた。有馬さんからの情報どおり、体験コーナーも種類が豊富だ。

一星くんが興味津々なのはやはり『天体についてのエリア』かな。

だがそちらを回る前に、まずは別館のプラネタリウムに行ってみようという流れになった。最初の上映は開館の三十分後だから、もう中に入ってもいいかも。

……そんなふうに考えていたのだけれど。

「え、か、完全予約制？」

「はい。先月からそのような方式になりまして……」

プラネタリウムの入り口前で、スタッフのお姉さんが困った顔で説明する。

「当館のプラネタリウムはリニューアルオープン後、大変ご好評をいただいております が、もとより席数があまりなく……。ホームページから事前にご予約いただき、多かった場合は抽選で、メールでご当選をお知らせしております。そのメールを拝見してからのご入場となりまして、本日の予約はすでにいっぱいです」

ガンッと、私は頭を鈍器で殴られたような衝撃を受けた。

反射的にスマホでホームページを開けば、プラネタリウムの上映スケジュール表の下に、赤字で確かに『完全予約制』の文字が書かれている。さらにその下には予約画面に繋がる表示も。

せめてスケジュール表の上に書いてくれたら……ここまでページをスクロールしていなかった……いや、これは完全に私の下調べ不足である。

「すみません！　プラネタリウムが予約制だって確認していなくて……！」

すごすごとプラネタリウムの入り口から離れたところで、私は大家さんと一星くんに頭を下げる。

このお出掛けの発起人としてあるまじき失態だ。

有馬さんだって「人気がある」って言っていたのに……早い時間に行けば大丈夫だろうと、甘く見ていたのだ。

たぶん、有馬さんも予約制なことは知らなかったんだろうな。知っていたら律儀な彼のことだ、注意点として伝えてくれていると思う。それに天然だけどそつのない彼なら、こんなミスはしなかっただろう。

たとえ予約客でキャンセルが出ても、ここのルールで当日受付はしていないとキッパリ断言されてしまったため、今日プラネタリウムは見られない。

横で浮いているフクタが「まあまあ。気にするな、麻美よ。失敗は誰にでもあることじゃ」としたり顔なのがイラッとくるが、非は私にあるのでなにも言い返せなかった。

むしろフクタだって福の神パワーを使って頑張ったのに、私がその頑張りを無駄にしてしまった形だ。

ああ、さすがに凹む。

なにやっているんだろう、私。

「頭を上げて、四ツ平ちゃん。あなたが謝ることないのよ」

優しい大家さんは「私もアクセスだけ調べて、他はたいして調べなかったもの」と、フォローを入れてくれる。

「今度はちゃんと予約してまた来ればいいだけよ。今日は他の展示や体験で遊びましょう。ねぇ、いっくん」

「……うん。プラネタリウムはまた今度で、いい」

一星くんは物分かりのよすぎる大人な対応をしてくれたが、見る人が見れば落ち込んでいることは明らかだ。

彼を笑顔にするつもりが、悲しい顔をさせてしまうなんて……。

「あの、必ず！　近いうちに必ず、予定を私もなんとか空けるので！　今度こそ予約して、絶対にプラネタリウムを見にきましょう！」

できればまだまだ謝り倒したかったが、私が失敗を引き摺(ず)って暗くなっていては、おふたりにますます申し訳ない。

この件は十分に反省した上で、名誉挽回はちゃんとしなくては。

私は気持ちを切り替えてもうしつこく謝罪はせず、大家さんの言うように館内の他のところで遊び倒すことに決めた。またプラネタリウムの予定はなんとしてでも近いうちに組むとして、今日は他をメインに、少しでも一星くんが楽しめるように努めよう。

手始めにと、結局私たちは、一星くんが気になっていた『天体についてのエリア』から見ることにした。

どのエリアも、単にパネルが展示されているというわけではなく、ボタンを押せば光ったり模型が動いたり、キャラクターボイスで解説が流れたりと、子供に飽きさせない工夫がされている。

特に一星くんは、体験コーナーにあった『星座クイズ』にドハマりしていた。何台かあるモニターの前にひとりで座り、出される星座関連の問題に、タッチパネルで一問一答していくミニアトラクションだ。全問正解すると『星座博士』の称号バッジがもらえるとのことで、何度か挑戦して見事に獲得していた。

『博士』になった一星くんは、その頃にはすっかり元気も元気。セーターの胸元に星形の称号バッジをキランと光らせて、積極的にエリアを回っては体験にも挑戦している。

無表情もちょっぴり緩んでいて、私の方が胸を撫で下ろしたのは言うまでもない。

「ねえ、いっくん、四ツ平ちゃん。そろそろお腹空かない？　次のところに行く前にお昼を取ったらどうかしら」

『電気の仕組みについてのエリア』を出たところで、大家さんがそう提案した。お昼の時間はとっくに過ぎていたし、私も休憩が必要な頃合いかなと思っていたので大賛成だ。

「おお、お昼ご飯の時間か！　よいな、我も腹ペコじゃ！」

「……って、フクタは食べられないでしょ」

「はっ！　そっ、そうであった！」

私の小声のツッコミに、フクタはガーンとショックを受ける。

ものすごく今さらだ。

だけど今日の私のやらかしたミスのお詫びに、今夜のお夜食はなにかしらサービスしてあげると言えば、フクタはすぐに諸手を挙げて万歳三唱した。単純なところはフクタの長所だよね……。

「ご飯を食べるといっても、どうしましょう？　いったん科学館を出てレストランを探してもいいけど……」

「あ！　私、軽食なら作ってきたんです！」

ずっと肩に掛けていたトートバッグの紐をくいっと引き寄せる。本当に簡単なものだけど、三人で気軽につまめそうなものを用意してきた。

「あら。実は私もデザートならお家で作ってきたのよ。クッキーとカスタードプリン」

「わあ！　それならちょうどいいですね」

「ええ。天気もいいし、ピクニック気分でお外の芝生で食べましょう。レジャーシートも持ってきているのよ」

科学館の敷地内には芝生スペースが設けられていて、そこも自由に使えるようになっている。三人プラス一柱で外に出て、大家さん持参の青いレジャーシートを広げる。

今日は本当にあったかい。

十二月とは思えない爽やかな温風が吹いている。

ただ明日からはまた冷え込むみたいだから、束の間の小春日和ってやつかな。

「私のデザートは後回しにして、四ツ平ちゃんはなにを作ってきてくれたの？」

「私はこれです」

トートバッグから取り出した、大きめのランチボックスの蓋を開ける。

このランチボックスは、実家から持ってきたはいいけど、今まで大きすぎて使いどころがなかったものだ。たまにはこういう、普段使わないものを活躍させてみている。

「あら、サンドイッチかしら？」

「サンドイッチの変化版ですかね。ずばり『ポケットサンド』です！」

大家さんに自信満々に答える。

これはまず、トースターで焼いた六枚切りの食パンを半分に切って、側面に切り込みを入れる。そうやってパンをポケット状にして、中に具材を詰めるのだ。

本来ならこのポケットサンドは、私の鉄板お夜食メニューのひとつでもある。

普通のサンドイッチだと具材がボロボロ零れやすいけど、これなら零れず片手でも食べられるから、作業の合間にかじりやすいのよね。

お子様にも食べやすいかもと思って、夜食メニューからチョイスしてきた。

「具材は三種類あるんです。こっちが、からしとマヨネーズを合わせたからしマヨを中に塗って、スクランブルエッグを詰めた『たまごサンド』。あ、一星くん用にからしマヨじゃなくて、普通のマヨネーズにしたのもあるよ。それで、こっちは『トマトレタスサンド』で、こっちが『ハムチーズサンド』ですね。お好きなものを食べてください」

指差しながら、頑張った具材の種類を説明していく。

ちなみに、スクランブルエッグを作るときは、マドくんが直してくれたガスコンロが活躍した。フライパンなんて久々にまともに使ったかもしれない。

大家さんは「おいしそうねぇ、すごいわ！」と大袈裟に喜んでくれ、一星くんも無言だがどれを選ぼうか瞳をキョロキョロさせている。ついでにフクタも「なぜ！　なぜ我は食べられぬのじゃー！」と慟哭(どうこく)をあげた。

……フクタへのお詫びの夜食はこのポケットサンドでいいかな。サービスとして、具材はリクエストを聞いてあげよう。

「いただきます」

三人で声をそろえて、各々好きなサンドを食べ始める。

どれも好評なようでよかったが、一星くんに「どのサンドが一番好きかな？」と尋ねたら、すぐさま「たまごサンド」と返された。

「いっくんは卵料理が好きなのよねえ、特にオムライス」

ハムチーズサンドを片手に、大家さんがニコニコ笑う。

「うん……お母さんの作る、オムライスが一番好き。お父さんも、お母さんのオムライスは世界一だって褒めていた」

こうして一星くんの口から、ご両親の話が出るのは初めてだ。

『星座博士』のバッジをもらってから浮かれ気味な一星くんは、いつもより饒舌な気もする。

ご両親のことは、デリケートな事情があるかもしれないから、無闇には触れられないし……と私から一切聞いたことはなかったが、親子はすごく仲良しみたいだ。

今なら踏み込んで聞いてみてもいいのかな？

悩んでいたら、それを察したのか大家さんが補足を入れてくれる。

「いっくんのパパは大きな会社のシステムエンジニアで、とっても忙しい人なの。いっくんたちがこっちに引っ越してきたのも、パパが転勤になったからよ。いっくんのママは私の娘なんだけど、そっちは今入院中でね」

「入院⁉　だ、大丈夫なんですか……？」

「病気とかじゃないから本人はいたって平気そうよ。自転車で派手にコケて、片足を骨折しちゃったの」

だから大家さんが、一星くんの面倒をずっと見ているのか。

でも……そういう事情なら、一星くんは寂しいだろうな。

ご両親はあまり一星くんと共にいられない状況。引っ越してきたというなら、転校だってしたはずだから、新しい環境に馴染むのもきっと大変だろう。学校のお友達の話とかも、一星くんは私の前ではしたことがないし……。

「さあ、そろそろデザートを出しましょうか」

勝手にしんみりしていたら、大家さんがパンッと手を叩いた。

またしても食べられないというのに、フクタがデザートと聞いて「クッキーじゃ！プリンじゃ！」とテンションを上げている。

大家さんのクッキーは、まさかの自家製野菜を練りこんだ野菜クッキーで、一枚一枚から栄養満点な味がした。一星くんはほうれん草が苦手らしいんだけど、このクッキーにしたら食べてくれるのだとか。カスタードプリンは、カラメルが甘さ控えめで、大家さんらしい優しい味わいであった。

デザートまで堪能し尽くしたら、残りの時間は回っていないエリアをゆっくり回り、サイエンスショーなるものも観覧自由でやっていたので、いろいろな科学の実験を見て楽しんだ。

そして最後にもう一度だけ『天体についてのエリア』に寄って、日が暮れる頃にはお開きとなった。

「……あっ、大家さん。一星くん、寝ちゃっています」

「あらまあ、いっぱい遊んで疲れたのね」

科学館を出て、帰宅中の車内。

すうすうと微かな寝息が聞こえて、後部座席を覗き込めば、一星くんが静かに眠っていた。なぜか横でフクタもグースカ寝ているがまあそれはいい。

車内には茜色の陽が差し込んでいて、一星くんの閉じた瞼をやわらかく照らしている。寝顔は普段よりあどけなくて微笑ましい。

「よく寝ているみたいね……改めて、今日はありがとうねえ、四ツ平ちゃん」

「へっ」

慣れた手つきでハンドルを握る大家さんに、突然お礼を言われてつい大きな声が出た。

焦って口を押さえる。

一星くんが起きなくてふうと一息。

「わ、私は、ただ科学館に行きませんかって提案しただけで……大失敗もしちゃいましたし」

「それは本当に気にしないで。あんなにはしゃいでいるいっくんは久しぶりで、私も嬉しかったもの。……いっくんはね、もともとおとなしい子ではあるけど、前はもっとちゃんと笑う子だったのよ」

「……そうなんですか？」

「こっちに引っ越してから、新しい学校でなにかあったみたいでね。いじめとかではないみたいなんだけど、ある日、学校から帰ってから、今みたいな笑わない子になったの。こういうときはいつも娘になら、いっくんは素直に打ち明けるんだけど、『入院中のお母さんに迷惑はかけられない』って、子供ながらに遠慮しているみたいで……」

つまり大家さんも、一星くんの笑顔が消えた理由は詳しく知らないみたいだ。

きゅっと車がカーブを曲がる。

曲がり終えてから、大家さんは「だからね」と再度口を開く。

「いっくんが四ツ平ちゃんに懐いて、心を許している姿を見ると、こちらまで安心するの。四ツ平ちゃんには感謝してもし足りないわ。今日もとっても楽しかった……プラネタリウムは次いつ行きましょうか？　今月の二十三日以降なら、いっくんが冬休みに入るから、こちらは平日でも大丈夫よ」

「そっか、冬休み……！」

それなら私も、バイト休みの平日を狙って行けそうだ。

ふとそこで、後部座席で寝ていたはずの一星くんが、むにゃむにゃした口調で「クリスマス……」と呟いた。

「ご、ごめんね、起こしちゃった？」

「プラネタリウム……行くなら、クリスマスの日がいい……」

一星くんはそれだけ言うと、半分開いた目をまた閉じてしまう。私たちの会話に、一瞬意識が浮上しただけのようだ。

しかし、よりによってクリスマス。

平日といえば平日だが、その日は今のところバイトに出勤予定で、これまたピンポイントに休みを取りにくい日である。

毎年お客さんは多いのに、スタッフの休み希望が当たり前のように集中する。特にクリスマスは満喫したいという学生スタッフが、パン子のようにこぞって休みたがるので、店長がすでにやさぐれていた。

でも、一星くんがわざわざ指定してきたってことは……。

「……クリスマスに、一星くんがこだわる理由がなにかあるんですよね」

「そうねぇ……たぶん、家族で過ごせない代わりじゃないかしら」

「代わりですか？」

「一昨年や昨年のクリスマスは、ケーキやチキン、いっくんの好きなオムライスを食べて、家族そろって星空を見に行ったらしいわ。仕事が多忙なお父さんも、その日は早く帰ってきて真っ先にプレゼントをくれたって。いっくんのいつも持っているあの星の図鑑もね、昨年お父さんからもらったクリスマスプレゼントなのよ」

なお、変に現実的な一星くんは、すでにサンタの存在は信じておらず、三浦家ではサンタ制度は廃止されているのだとか。プレゼントはご両親の手渡しらしい。

「今年もそんなクリスマスにしようって、家族で約束していたみたいなんだけど、ちょっと難しそうよねぇ」

一星くんのお父さんは転勤してからますます仕事が増え、残業続きで帰宅はいつも日付が変わってから。お母さんに至っては病院にいるという状況だ。

一星くんは家族そろって過ごすのを諦めたから、クリスマスにせめて、プラネタリウムの星が見たいって思ったのかな……。

「でもね、四ツ平ちゃんは無理しなくていいのよ。クリスマスは私の家でささやかだけど、いっくんのためにご馳走を振舞うつもりだし。四ツ平ちゃんだって、有馬くんとデートに行くんじゃないの？」

「なっ、なんでそこで有馬さんが出てくるんですか⁉」

「あら、違った？　ふたりはとっても仲良しみたいだから、私ったらてっきり」

フロントガラスに映る大家さんは、おっとりと悪びれることもなく微笑んでいる。

一星くんのご家族について考えていたのに、いきなり変化球を投げてくるのは止めてください！

「クリスマスか……」

後ろでフクタが「も、もう食べられぬぞお、麻美ぃ……」と、大家さんには聞こえない寝言を零すのを耳にしながら、私は迫るそのイベント日に想いを馳せた。

★腹ペコ神様レシピ★
一人用

ポケットサンド
（卵のからしマヨネーズ）

材料

- ・食パン ……… 1枚（六枚切りの厚さがちょうどいい）
- ・卵 ……… 1個
- ・塩コショウ ……… 少々
- ・チューブのからし ……… 1cmほど
- ・マヨネーズ ……… 大さじ1杯

1. 溶き卵に塩コショウを振って、フライパンでスクランブルエッグを作る。
2. トースターで焼いた六枚切りの食パンを半分に切り、側面に切り込みを入れる。
   ※パンをポケット状にする！
   包丁で入れにくい場合は、フォークで側面を掘るようにするとやりやすい。
3. チューブのからしとマヨネーズを混ぜ合わせ、作ったからしマヨをポケット状にしたパンの中に塗る。
4. からしマヨを塗ったパンの中に、スクランブルエッグを詰めて完成！

具材はご自由に！
普通のサンドイッチより、
こぼれにくくてかじりやすいよ

中に詰める作業も楽しそうじゃな！

五章　子供の夢とマカロニ入りミネストローネ

バイト終わりの帰り道。

街中には赤と緑のクリスマスカラーがあふれ、オーナメントが輝くツリーや、踊るサンタ人形などがあちこちの店で散見される。

そんな浮かれた街の真ん中の交差点で、私は信号待ちの合間にスマホを聞き、じっと画面を見つめていた。

「うーん、どうかな、当たるかなあ……」

画面に映っているのは、例の科学館のホームページだ。

一星くんたちとお出掛けしたのが三日前。

あのあと、大家さんともああだこうだと相談して、結局私はクリスマス〝イブ〟の日にプラネタリウムの観覧席を申し込んだ。

というのも、やっぱりクリスマスの日はバイトが休めなくて……いや、イブの日も出勤といえば出勤なのですが。こちらは早出の早上がりにズラすことに成功したので、夕方をなんとか空けられた。

今回は科学館で遊ぶのは断念して、プラネタリウムのラスト公演を一星くんたちと見に行くことにしたのだ。

ただ〝見に行くことにした〟といっても、これはあくまで観覧席が当たったらの話。クリスマスイブのラスト公演なんて、ぜっっっったいに倍率が高いし、抽選になることは必然だ。

「ダメだ、気になる……！」

イブの日の申し込み期限は昨日までで、結果は後日メールですぐわかるとあった。だから当選にしろ、残念ながら……にしろ、今日か明日には結果がわかる。

そのため私は、朝から何度もスマホの待受画面を見ているわけだ。

「あっ！　青！」

知らぬ間に信号が変わっていて、急ぎ足で渡る。

メールの受信を告げないスマホはコートのポケットにしまった。

これまた福の神の頑張りどころということで、フクタも抽選が当たるように尽力してはくれているのだが、本人も自信なさげだったしなあ……。

抽選結果は〝神のみぞ知る〟どころか、〝神にすら知れぬ〟現状である。

「ん？　あの季節外れのアロハシャツは……」

信号を渡り切ってしばらく歩き、アパートのある住宅街に入ったところで、私は前方にフラフラと揺れる背中を捉えた。

「ジチンさん！」

「んあ？　ああ、麻美の嬢ちゃんか」

白い顎髭を揺らしながら、ジチンさんが立ち止まって振り返る。

横を通った買い物帰りであろう奥様が、私をチラ見してきょとんとしていることから、ジチンさんの姿は私にしか見えていないのだとわかる。

そんな感じは一切しないけど、やっぱりこの人も神様なのよね。しかもフクタたちみたいなたまごじゃない、正式な土地神様。

私は周りに誰もいないことを確認して、ジチンさんの隣に走り寄る。

「こんなところでなにをしているんですか？」

「なんてことはねえよ、ちょっとした街のパトロールだ。ここはわしの街だからな」

なるほど、土地神らしい発言だ。

「そういう嬢ちゃんは仕事帰りか？」

「はい。ついさっきまでファミレスで働いていました」

「いつもこんな暗い時間に帰るのかい。若い女の子が危ないな」

「アパートと職場が近いので……それに今日は、いつもより一時間ほど早い上がりですよ。暗くなってきたのもここ最近からです」

現在は夕方の六時前。

めっきり陽が沈むのが早くなり、辺りはもう夜の準備を始めている。住宅街は静かなものだが、先ほどまでいた街の中心部では、クリスマスを意識したイルミネーションが点灯していた。

ジチンさんの極彩色のアロハは、そんなイルミネーションにも負けないくらい派手で目に痛いけど……。

「仕方ないな、わしがアパートまで送ってやろう」

「は、はあ」

ジチンさんは親切ぶって言うが、単に帰るところが一緒というだけだ。

なんといっても、この人の住み処はアパートの敷地内に立つ社である。

でも、ここで会えてちょうどよかった。私はジチンさんに一度、改めて聞いてみたいことがあったから。

「あの、フクタの試験についてなんですけど……なんでわざわざ、課題対象に一星くんを指名したんですか？　さすがに適当に、ってわけじゃないですよね？」

前に聞き損ねてから、ずっと引っ掛かっていた。

いくら社を世話してくれている大家さんの孫とはいえ、彼を笑わせるなんて試験に、意味もなくするかなって……。そこにジチンさんなりの思惑があるように感じてならない。

ジチンさんは私の問いに、考え込むように「んー」と顎髭をさする。

「別にそんなたいした理由でもねえよ」

「でも、適当じゃなくて理由はあるんですね」

「なんだ。えらく食い下がるな、嬢ちゃん」

ケラケラ笑うジチンさんに、教えてくれる気はなさそうだ。

フクタが無事に試験を合格したあかつきには、こっそり教えてくれないかな……気になる。

「おっと、嬢ちゃんよりこんな時間に外にいちゃいけねえチビ共が、あそこでなんか揉めているぞ。しかも噂をすればなんとやら、だ」

「え……」

進行方向には以前、画伯くんとたこ焼きを食べた公園がある。その入り口付近では、ランドセルを担いだ小学生の男の子がふたり、ジチンさんの言うとおり揉めていた。一方が必死になにか言い募り、もう一方が不貞腐れたように顔を背けている。

言い募っている男の子は、短く切り揃えた髪に、眉がキリッと上がった生真面目そうな印象だ。どことなく〝委員長〟っぽい。

そして不貞腐れている男の子は……。

「……一星くん？」

三日ぶりに見る一星くんだった。

そばにフクタの姿はないので、一時的にどこかへ行っているのか。

「友達同士の喧嘩かねぇ？」

「深刻そうな雰囲気ですよね……」

思わずジチンさんと立ち止まって様子を窺う。途切れ途切れだけど、ふたりの声もどうにか聞き取れた。

「だ、だからさ、三浦くん！　彼等も反省しているし、作文を……！」

「いい、その話はもうしたくない」

「でも僕、君の捨てた作文を拾って……っ！」

「いらない」

委員長くんはぐしゃぐしゃの紙を一星くんに渡そうとするが、一星くんはそれを一蹴する。それでも委員長くんは諦めない。

「き、聞いて！　僕も本当は、三浦くんと星の……」

「しつこいっ！」

だけど一星くんも一星くんで頑なであり、ついに振り切って公園を出た。

見つかるかと思ってドキッとしたが、彼は私には気づかず足早に行ってしまった。

残された委員長くんは所在なさげに佇んでいる。考えるより前に、私は委員長くんに駆け寄っていた。

「あ、あの！」

「……どなたですか？」

警戒心たっぷりな目を委員長くんに向けられる。

知らない大人に声を掛けられているのだ、正しい反応である。

後ろにいるジチンさんが見えなくてよかったよ、怪しいアロハシャツのおじいさんがいたら、より怪しまれるところだった。

「わ、私はね、えっと」

一星くんの知り合いであることをどうにかこうにか説明した。星の話もする仲なのだ……と言えば、ようやく信じてもらえたようだ。

詳しくいろいろ聞きたかったが、ただでさえ暗い時間帯に子供を引き留めるわけにはいかない。委員長くんのお家の近くまで同行することになり、その間歩きながら話を聞くことになった。

「僕は三浦くんと同じクラスで、学級委員長をしているんですけど……」

あ、本当に委員長なんだ。

見た目どおりしっかりしてそうだもんね。

「三浦くんは転校してきてから、あまりクラスに馴染めてないみたいで、ずっと心配していたんです。でも話しかけたら答えてくれるし、たまに笑ってくれて、僕は仲良くなりたいなって思っていて……だけど、国語の宿題で出た作文のせいで……」

「作文って、その手に握っているやつだよね。私が見てもいいかな？」

問いかければ、委員長くんは戸惑いつつも、握り続けていた紙をおずおずと渡してくれた。

近くで見たら原稿用紙で、皺を伸ばして目を通す。ジチンさんも横から「どれどれ」と覗き込んできた。

タイトルは『ぼくの好きなもの』。

書き手は一星くんだ。

文字がきちんと枠に収まった、大人びたきれいな字は一星くんらしい。内容はタイトルどおり、一星くんが好きな星の魅力について語られており、家族でクリスマスに星を見た話などが幸せいっぱいに綴られている。

「ちょっと読んだだけでも、いい作文だと思うけど……これがどうかしたの？」

「いいですよね！　僕も思います！」

委員長くんはうんうんと同意して、次いで表情に影を落とす。

「その作文は先月まで、クラスの掲示板に張ってあったんです。テーマはみんな同じで、三浦くんのだけじゃなくて、先生が優秀作品として選んだ何作かを展示していました。……ただ、うちのクラスに、ちょっとヤンチャな男の子がいまして。自分は選ばれなかったのに、転校生の三浦くんが選ばれたのが気に食わなくて、酷いことを彼に言ったんです」

「どんなこと？」

「星が好きなんて田舎者らしい趣味だとか、寂しい奴だとか……」

私はわかりやすく顔を顰めてしまった。ジチンさんも「口さがない子供ってのは、どの時代にもいるもんだ」と呆れている。

「三浦くんは言い返したりはせず、作文を無言で掲示板から剥がして、丸めてゴミ箱に捨てていました。ヤンチャな奴も先生に怒られて反省はしたんですけど、それからますます、三浦くんはクラスで喋らなくなって……笑わなく、なりました」

悔しそうに、きゅっと唇を噛む委員長くん。

ほぼ間違いなく、一星くんの「好きだって言っちゃダメ」などという発言の元凶も、この出来事だろう。

もしかしたら「寂しい」って言われたのも気にしてる？　周りに寂しい子って思われたら、ご両親が心配するから……いかにも一星くんらしい考えかたな気がする。

「その作文は、僕が勝手にゴミ箱から拾ってきたものです。三浦くんに返したかったんです。僕は三浦くんの作文を読んで星に興味を持ったから、素敵な作文だったよって、僕にも星のことを教えてって伝えたくて……」

「だけど、一星くんは作文を受け取らず、話も聞いてくれなかったのね」

「はい……」

聞けば、学校では返しづらく、委員長くんはずっと返せるチャンスを探していたとか。今日は委員会活動で遅くに下校したら、公園でぼんやり空を見上げる一星くんを発見して、今なら……となったらしい。

結果は見ていたとおりだけれど。

「できれば僕は、三浦くんと友達になりたいのに」

独り言のように呟いた委員長くんは、本当に心からそう思っているのだろう。こういう子が一星くんの近くにいてくれてよかったと、親心に近い安堵を抱く。

あとは一星くんの心情的な問題だよね……。

委員長くんとは曲がり角で別れ、「僕の代わりにその作文を三浦くんに渡してもらえませんか」と、頼まれて作文を預かった。委員長くんから渡した方がいいのではとも悩んだが、大人が仲介した方がスムーズに行くかもと思い直して。

私から渡すにしたって、タイミングは見計らねば失敗しそうだし、難易度の高いミッションだ。

「あっ！　一星くんはちゃんと家に帰ったんでしょうかっ？」

「家に確認の電話でもしたらどうだ？」

「そ、そうですね」

ジチンさんのアドバイスを採用し、いったん立ち止まって大家さんに連絡を入れる。すぐに繋がって「一星くんは帰っていますか」と尋ねたら、「放課後は娘の病院に行くって聞いていたけど、もう帰っているわよ」との返答がきてホッとした。

一星くんはお母さんのお見舞い帰りだったのか。

そういえばあの公園の近くには、こぢんまりとした病院があった。あそこに入院しているらしい。

「大丈夫だったみたいだな」

「はい。なんともなくてよかったです」

通話を切って、再び歩きだす。

一星くんが公園で空を見上げていたのって、入院中のお母さんに会って、逆に星空が恋しくなっちゃったのかな……早く彼が、心から笑える日がくればいいのに。

私もそっと空を仰いでみたが、とっぷり闇に沈んでも、相変わらずこの街では星なんてろくに見えなかった。

「さあて、わしはちょいと、神界にでも顔を出してこようかね」

ジチンさんはアパートに着くなり、そう言ってぐいっと伸びをする。

「神界……なにか用事ですか？」

「特別試験の途中経過を、フクタの坊主の上司に報告に行くんだよ。面倒だがこれも試験官の役割だからな。嬢ちゃんもフクタの坊主も、残りの日数までまあ頑張ってくれや。期限は待っちゃくれないぜ？」

ニヤリとニヒルな笑みを残し、夜風と共にジチンさんの姿が消えた。

なんというか自由な神様だ。

どっと疲れた気分で、ゆっくりとアパートの錆びた階段を上る。部屋に帰ったらいの一番にお風呂に入って、いったん落ち着いていろいろと考えたい。

そう思っていたのだけど……。

「……有馬さん？」

「あ、麻美さんだ！　帰ってきてよかった、おかえりなさい」

なぜか私の部屋のドアの横に、もたれかかるように有馬さんが立っていた。

意外な登場に驚きを禁じ得ない。

彼は体勢を起こして、ニコッと破顔する。カーキのチェスターコートに、ネイビーのネックウォーマーを身に着けただけのラフな格好が、いやに様になっている。

「た、ただいまです。あの、有馬さんはなんで……いつこっちに戻ってきたんですか？」

彼はお仕事で遠方に出ていたはずだ。

確かに今日あたりに戻るとは聞いていたけど、その日に会えるとは思わないだろう。

なにより『深夜のベランダ会議』以外で彼と会うのは、あまりないことなのでなんだか新鮮だ。

「戻ってきたのはついさっきだよ。これから事務所に行かなきゃいけないんだけど、その前に麻美さんに会えないかなってアパートに寄ったんだ。お土産を少しでも早く渡したくて。今夜は打ち上げを兼ねた飲み会で、へたしたら朝方まで帰れそうにないし……今会えてよかった。はいこれ、どうぞ」

有馬さんから紙袋を差し出され、反射的に受け取る。

紙袋だけでわかる。これは絶対高いやつだ。

チラリと袋の中を見てみれば、ゼリーの詰め合わせのようだった。以前、有馬さんが「次のお土産は冬だけど冷菓とかいいなって」と話していたから、有言実行したのだろう。

「ありがとうございます……でも本当、もっと安価なものでも……！」

「お夜食のお返しだから値段は気にしないで。ところで、プラネタリウムはどうだった？　大家さんのお孫さんは喜んでくれたかな？」

「じ、実はですね……」

情けない自分の失敗談も含め、私は手短に説明した。

そうしたら案の定、有馬さんは「ごめんね、俺もプラネタリウムがそこまで人気なんて知らなくて」と申し訳なさそうに謝るので、即座に「ただの私の情報収集不足ですから！」と主張する。

「それにクリスマスイブにリベンジすることになっているんです。もちろん、抽選が当たったらですが……」

「イブの日かあ、人気ヤバそうだね」

「はい……」

さっき大家さんに電話をかけたときには、まだ当落メールは届いていなかった。今日はもう送られてこないかもしれない。

有馬さんは「でもいいね、イブに暫定でも予定があるなんて」と零して白い息を吐く。

「有馬さんもお仕事では……？」

「それがポッとスケジュールが空いちゃってさ。これといった仕事もないし、稽古場の都合で稽古も休みになったんだ」

「え、そうなんですか」

「だから久しぶりに、定食屋のバイトの方に顔を出そうかと思って。イブはランチタイムの人手が足りないって聞いたし」

有馬さんは駆け出し俳優時代の名残で、俳優業とは別にバイトを続けているという。

有馬さんの事情も考慮してくれる、老夫婦が営む小さな定食屋。生姜の効いた鯖の煮付け定食とやらは、いつか必ず食べたい一品だ。

　それにしても……。

「……なんか私たち、どっちも特別感のないクリスマスイブの過ごしかたですよね」

「麻美さんはうまくいったらプラネタリウムに行くんだから、特別感はあるんじゃない？」

「シチュエーションだけ取ったらそうですが……」

　一星くんのリクエストを最大限考慮しただけで、私自身は別にプラネタリウムを見に行く日が、クリスマスだろうとイブだろうとただの平日だろうとなんでも構わない。

　クリスマス＆イブだから特別、って感じじゃないんだよね。なんだったら「フクタの試験の期限日じゃん」くらいの認識だ。

　特別感のある過ごしかたっていったら、やっぱり家族とか恋人とかと過ごすのだろうか……何年か前は、私も元カレの貴也（たかや）と過ごしたっけ。

　それもずいぶん、遠くの思い出に感じる。

「過ごしかたなんて人それぞれだし、要は気の持ちようだよ。その日を特別な日にするかどうかは、自分次第なんじゃないかな」

寒さで赤らむ頬を緩めながら、有馬さんはそんな金言を吐いて、ヒラリとコートの裾を翻した。もう事務所の方に移動するみたい。

「じゃあね、今度はまた夜に」

「あっ！　はい、また」

遠ざかるアッシュブラウンの頭を見送る。

私のもとに残されたのは、ゼリーの紙袋と有馬さんの微笑みひとつだった。


さて、その晩、私は一星くんの作文を読み返しながらフクタの訪れを待っていた。

つい先程までは、デスクに向かって脚本執筆のラストスパートに取りかかっていたのだが、こういう作業はやはり他に気になることがあると捗（はかど）らない。

諦めてPCをシャットダウンし、ベッドに寝転がりながら開いたのが、四つ折にした原稿用紙だったのだ。

『しょうらい、ぼくは星を研究する学者さんになりたいです。そして学者になったぼくと、お父さんと、お母さんと、おばあちゃんもいっしょに、夜空でピカピカ光る星をいっぱい見るのがぼくのゆめです』

作文の締め括りの数行。

そこを何度となく目で追いかける。

「夢か……」

子供の夢だと笑うなかれ。一度抱いた〝夢〟というものは、子供だろうと大人だろうと、他者に踏み荒らされたくない不可侵領域なのだ。

この作文を貶(けな)されたときの一星くんを思うと胸が痛かった。

作文を広げたままお腹に載せ、天井を仰いで「はあああ……」と深い溜息をつく。古いアパートらしい天井の染みをぼんやり眺めていたら、だんだんと睡魔がやってきて、意識がうつらうつらと船をこぎ始める。

だけど今晩は、どうしてもフクタと話したかった。

話したいことがある。褒めてやりたい、一緒に今すぐ喜びたいこと。

奴の訪れを私からこんなに待ち望むなんて、実は初めてなんじゃないだろうか。だから私が寝落ちる前にさっさと来てくれ。

「麻美ぃ……」

「……フクタ！」

弱々しい声が聞こえて、バッと勢いよく飛び起きる。作文が床に舞い落ちて、代わりにフクタが私のお腹にボフン！　とダイブしてきた。

お、重い。

だけど明らかに憔悴しきっているフクタをどかすのは、さすがに良心が咎める。

「も、もう、我は精魂尽き果てたのじゃ……労ってくれんかのう」

「もちろん！　今夜はいくらだって労ってあげるわよ！　だって……」

枕元に放置していたスマホを手繰り寄せ、素早く操作する。

「バッチリ当ててくれたからね！」

表示されたメール画面には、プラネタリウムの観覧席に『当選』の文字。

お風呂上がりにスマホを見たら、科学館から抽選結果が届いていたのだ。

私自身の運もあるかもしれないが、これは確実にフクタの福の神パワーが、今回は奇跡的に正しく発動したおかげだろう。

フクタはヘロヘロながらも、むくりと頭を持ち上げてドヤ顔を決める。

「ふ、ふふふ……大家のご婦人の件に続き、此度の我は全力投球じゃ！　正直、今回ばかりは自信など皆無であったが、為せば成るのじゃっ！」

「私もどんどんフクタが頼もしく思えてきたよ！」

「ならば、ほれ」

「ん？」

頭巾を被った頭をずいっと差し出され、私は首を傾げる。ボールのようにポンッと軽く叩けば、「違うのじゃー！」と抗議の声が上がった。

「いつかのムスビにしたように、よしよしと頭を撫でるのじゃ！　察しが悪いぞ、麻美よ！」

「あっ、ああ、そういうこと。ごめんごめん」

いきなりねだってくるから察せなかった。

求められるがまま、頭巾の上から撫でてやれば、きゃっきゃっと喜ぶフクタ。こういう単純なところはかわいいよね。

……でも、これだけで満足するはずはない。

「今夜もお夜食が食べたいんでしょう？　私は別にお腹は空いてないけど、フクタのためになにか作ってあげる」

本日のバイト先で食べたまかないが、大盛りの炙り親子丼であったため、私の胃はまだパンパンだ。

ふわふわとろとろの卵と、炙った鶏肉のジューシーさが、つやつやの白米を彩った完成度の高い一品だったな……。パン子も「これは何杯でもいけますー！　クリスマスデート前に太りたくないのに！」って感動しながらカロリーに震えていたっけ。

「おお、麻美が我のためだけに作るとは、頑張った甲斐があったのじゃ！」

「努力にはご褒美がなきゃね。フクタは今、どういう系が食べたいの？」

「そうじゃなあ。我は心底疲れておるので、温まるものを……食べやすい『すーぷ』などがよいな！　具沢山で腹が膨れる、あったか『すーぷ』を所望するぞ！」

「具沢山のスープか……」

冷蔵庫にちょうどいいものがあった気がする。

私はフクタを布団に転がし、ベッドから下りて冷蔵庫を開けにいった。目についたのは、200mlのトマトジュースの紙パック。

よし！　これさえあればイケる！

「乾燥マカロニも戸棚に眠っていたはずだし……今宵のお夜食は『マカロニ入りミネストローネ』に決定！」

作るものが決まったところで、さっそく調理を開始する。

まずは乾燥マカロニを耐熱容器に入れて、しっかり水に浸からせる。そこに軽く塩を振って、ラップをかけて電子レンジでチン。加熱時間はマカロニの種類にもよるけど、わざわざ茹でずとも、これだけでマカロニはほどよい柔らかさになってくれる。

「マカロニができるまでに……」

冷蔵庫の半端野菜を使って、ミネストローネの具材を準備。人参、玉ねぎ、キャベツをすべて細かめに切っていく。あ、あとベーコンも。

具材はわりとなんでもイケるので、冷凍のミックスベジタブルなんかを使ってもいいし、ベーコンの代わりにウィンナーとかでもおいしいと思う。

「麻美よ、レンジが鳴っておるぞ！」

「聞こえているから大丈夫！　というかフクタ、疲れているなら、私のベッドで休んでいたら？」

トントンと包丁を動かしてキャベツを刻んでいたら、横にふわーっと浮雲のようにフクタが飛んできた。飛びかたも常よりフラついていて、フクタの疲労が窺える。

だけどフクタは「いやいや」と首を横に振った。

「お夜食が出来上がる過程を見守るのも、これまた心躍るのじゃ！　我は台所に立つ麻美の姿も好きだしの！」

「まあ、フクタがいいならいいけど……」

本人の自由にさせてやろう。

ただ普段はフクタにも手伝わせるところ、今夜はかわいそうなので、私は自分でスープボウルを取りに行った。具材たっぷりのスープのときは、マグカップよりこっちが最適。

黄色いスープボウルに、切った野菜とベーコンを入れ、軽くレンジで加熱。そのあとに、柔らかくなったマカロニも水を切ってボウルに移す。

ここでトマトジュースの登場だ。

「なんだ、喉でも渇いたのか？」

「これはジュースとして飲むんじゃないの。そのままスープに使うのよ」

「なんと！　ジュースをか！」

朝にたまに飲むから買っておいたんだけど、トマトジュースさえあればミネストローネは簡単に仕上がるのだ。

具材の詰まったスープボウルに、トプトプとトマトジュースを半分ほど注ぐ。真っ赤な色がなんとも鮮やかだ。このままだとちょっと濃いので、水も足して調整する。

ポトリと固形のコンソメを落とし、塩コショウを少々。

グルグルと掻き混ぜて、最後にもう一度レンジにかけたら完成である。

「はい！　熱いから気をつけて食べるのよ？」

ミニテーブルに運んでやって、木製のスプーンもつけてやる。

こういうスープにはステンレス製のカトラリーより、温かみのある木製のカトラリーが合うのよね。ほんのささやかな演出だけど。

「いただきますなのじゃー！」

フクタは木製スプーンを手に取り、勢いよくマカロニを掬って口に入れた。

私の忠告を無視したせいで「あっち！　あっちっちっちじゃぞ！」と、さっそく舌を火傷しているアホが目の前に。

「だから言ったでしょうが！　冷たい水と、あと有馬さんからもらったゼリーも取ってきてあげるから、舌を休めつつ食べなさい！」

「ひゃふかるのひゃあ」

なに言っているのかまったくわからん。

助かるのじゃあ、かな？

グラスに氷を入れた水と、ゼリーのカップをひとつ取ってすぐに持っていってやる。

有馬さんがくれたゼリーは予想どおり、ギフトなどでも抜群の人気を誇る有名店のもので、五種類のフルーツの味が選べた。白桃、オレンジ、林檎、メロン、パイン。白桃はたぶん、ムスビの好みだろうから、フクタにはメロンで。

フクタは先に水を飲んでメロンゼリーをちゅるんっと喉に流し、ほどよくミネストローネの熱が取れた頃合いにまた、スプーンを握って今度はゆっくり食べ始める。

「おおっ！　これはトマトジュースの甘みが味わい深く、多様な具材が楽しめる贅沢な『すーぷ』じゃな！　これ一杯だけで腹持ちしそうじゃ！　野菜も摂取できて健康にもよい一品とみた！」

「神様に健康とかあるの？」

フクタの食レポにツッコミを入れてから、私は「あ！」と思い出して、慌ててベッドの方に向かう。

床に舞い落ちた一星くんの作文を、拾い忘れてそのままにしてしまっていた。見つけて一目散に拾い上げ、丁寧にまた畳んで仕事用デスクの端に置く。

これをどのタイミングで返すかは……要検討ということで。

「あーさーみー！　麻美よ！　大変じゃ、早く来てくれ！」

フクタの切羽詰まった声が響く。

ほんのちょっと目を離した隙に、なにがあったというのか。

仕方なしに戻れば、水干に赤い染みを作ったフクタが「『みねすとろーね』が！　『みねすとろーね』が飛び跳ねたのじゃー！」とわめいていた。

スープボウルは空になっていたが、最後に油断してトマトジュースの餌食になったな。

水干の真ん中にある『福』の丸印が無残なことに……。

「わーん！　我の一張羅がー！」

「これくらいなら、おしぼりでポンポンすれば取れるから！　落ち着いて！」

頼もしく見えたのは幻覚で、このヘッポコ加減がなんともフクタらしい。

だけど一星くんのことで悩んでいた悶々とした気持ちも、そんなフクタに吹き飛ばされて、この夜も賑やかに過ぎていった。

クリスマス＆イブまで――あと少し。

★腹ペコ神様レシピ★
一人用

マカロニ入りミネストローネ

材料

材料	分量	材料	分量
・乾燥マカロニ	適量	・ベーコン	1〜2枚
・トマトジュース	100cc	・人参	1/4個
・水	50cc	・玉ねぎ	1/4個
・塩コショウ	少々	・キャベツ	1枚
・固形コンソメ	1個		

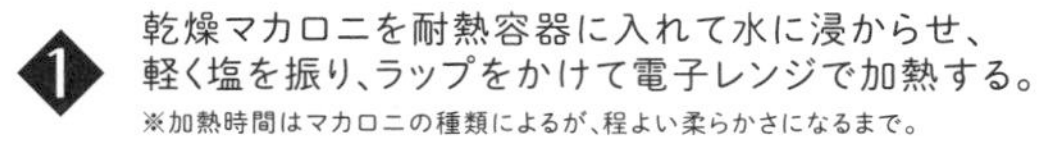

1. 乾燥マカロニを耐熱容器に入れて水に浸からせ、軽く塩を振り、ラップをかけて電子レンジで加熱する。
※加熱時間はマカロニの種類によるが、程よい柔らかさになるまで。

2. ベーコン、人参、玉ねぎ、キャベツなどの具材をすべて細かめに切っていく。

3. スープボウルなどに②を入れ、600Wのレンジで1分ほど加熱。加熱後に①も加えて、トマトジュースと水を注ぐ。

4. ③に固形コンソメを入れて、塩コショウを少々。よく掻き混ぜて、最後に600Wでまた1分ほど加熱したら完成！

寒い夜にぴったりな、
具材たっぷりのスープだね。

トマト入りの野菜ジュースなど
でもできます！

六章　お星さまとミニカップオムライス

クリスマスイブの二日前、私の街では朝から雪が降った。

昨年と同様、その初雪はなかなかの猛威を奮い、街は瞬く間に白に染まってしまった。イブ前日の今日も雪は降り続き、私はファミレスで接客をこなしながら「明日のプラネタリウムに行く頃には、少しは落ち着いていたらいいな。大家さんも運転しにくいだろうし」などと案じていた。

しかしこの雪は、運転云々どころではない方向で、悪い影響を及ぼしてきたのだ。

「あれ？　よつみん先輩、なんかスマホ光っていますよ」

「……本当だ。なんだろう？」

バイト上がりに更衣室でパン子と着替えていたら、ロッカーに入れておいた私のスマホの点滅に、いち早くパン子の方が気がついた。

私は制服を脱いでいる途中だったので、パッと私服のセーターに着替えてからスマホを手に取る。

一時間前に着信。

大家さんからだった。

「電話なら今ここでかけます？　私は着替え終わりましたし、先に出ますよ」

気を遣ってくれたパン子が、バッグを担いで更衣室のドアノブに手を掛ける。

「悪いね」

「いえいえ。明日明後日、よつみん先輩は出勤でしたよね？　こっちこそ、結局忙しいときに二日ともお休みいただいちゃって悪いです」

パン子は明日と明後日の両日、彼氏とクリスマスデートと称して、県外に泊まりで出掛けるらしい。最初はクリスマスだけ休んで、イブの日は出勤予定だったんだけど、なんやかんやちゃっかり連休をゲットしている。

「県外のイルミネーションスポットに行くんだっけ？　楽しんできてね」

「はい！　先輩もよいクリスマスを！」

童顔をさらに幼くした笑みを浮かべて、パン子は手を振って出ていった。

ひとりになったところでさっそく大家さんに電話をかける。プルルル……と発信音が鳴る間、なんだか私は妙な胸騒ぎを覚えていた。

プツッと発信音が切れて、「もしもし、四ツ平ちゃん？」と知った声が耳を打つ。

「はい、四ツ平です。一時間前の電話、仕事中で出られなくてすみません。なにかありましたか？」

「それがねぇ……ゴホッ、ゴホゴホッ！」

「大家さん⁉　大丈夫ですか⁉」

激しい咳をされてうろたえる。

大家さんは「軽く咳き込んだだけだから大丈夫よ」とすぐに答えてくれたけれど、その声は電話越しだと気づくのが遅れたが、よく聞けば掠れて弱々しい。

この時点でもわかるとおり、大家さんは風邪を引いてしまったらしい。

というのも、社の補強にばかりかまけていたら、うっかり自分の家の庭の雪害対策を忘れていたようで……昨日、雪の中で大家さんは奮闘する羽目になり、その無理が祟ったのだという。

幸い熱は微熱。咳以外は倦怠感があるだけで、そこまで酷い症状はないようだが、明日のプラネタリウムに大家さんは行けないかもしれない、と。

「ごめんなさいねぇ、私ったらもう若くないのにバカやっちゃって……ゴホッ」

「し、仕方ないですよ！　大家さんは社のこと以外でも、ご近所でいろいろ頼まれていたみたいですし！」

「あら。私がご近所さんに頼み事をよくされること、四ツ平ちゃんに話したことあったかしら?」

「え、ええっと」

しまった、これはフクタからの情報だった。

ここは曖昧に濁す。

「そ、それで！　明日はどうしましょう?　私だけで、一星くんをプラネタリウムに連れていけばいいですか?」

前回は初めて行く場所かつ、あちらで遊ぶ所要時間も長かったため、保護者枠が私ひとりでは不安だった。だけど今回は二回目で、プラネタリウムを見て帰るだけなら、私だけでも問題はない気がした。

なにより前回のお出掛けで、一星くんが外出先でも手のかからない子であることは立証済みだ。

もちろん、ひとりよりふたりの方が安心だけど……大家さんは風邪を治すことに専念してほしいし、さすがにこれ以上、フクタに「大家さんの風邪を福の神パワーで治せる?」とは聞けない。さすがにフクタが干からびる。

明日は一応、フクタも頭数に入れておけば、まあ、うん、なんとかなる！

「そうねぇ、本当に申し訳ないけど、四ツ平ちゃんにお願いすることになるわね。いっくんにも『明日は僕とお姉ちゃんとで行くから、おばあちゃんは家で寝ていて』って気を回されちゃったし」

「さすがしっかり者な一星くん……」

「それか、四ツ平ちゃんのお友達に声を掛けられそうだったら、ぜひ掛けてみてほしいわ。せっかく四ツ平ちゃんが当ててくれた、私の分の観覧席がもったいないし」

ああ、そうか。大家さんの代理を誰かに頼むという手もあるのか。

……でも、誰に？

バイト先の面々、学生時代の友達、三人いる姉の誰か、従姉妹……次々と候補を浮かべていくが、いきなり明日、しかもクリスマスイブに誘えそうな人など、今のところ私には思い当たらなかった。

一番誘いやすいのはバイト先の面々だったんだけど、パン子はあのとおりだし、店長はフルでお仕事だ。画伯くんも美術部のメンツと、『クリスマス写生会』とかいう謎の会を開くって言っていたし。

あと店長の場合は、彼女の仕事終わりか合間を狙って、吉影さんがなにか仕掛けようとしている……という情報も、ムスビからチラッと聞いたっけ。そっちはそっちで頑張ってほしいものである。

「じゃあ明日は、いっくんをよろしく頼むわね、四ツ平ちゃん」

「任せてください！　大家さんもお大事になさってくださいね」

そこで通話は終了。

暗くなったスマホの画面に視線を落として、さてどうしたものかと、私は頭を悩ませるのだった。


「――えっ、それじゃあ、大家さんは行けなくなっちゃったんだ。お年を召してからの風邪だと、無理はしない方がいいもんね」

「はい、私も無理は禁物だと思います」

大家さんとの電話を受けてから帰宅し、あっという間に深夜の時間帯。

フクタ&ムスビのコンビは、今宵は訪れる気配はなかったため、久方ぶりに有馬さんとの『深夜のベランダ会議』を開催している。

とはいっても、視界には雪がチラホラ舞うこの寒さだ。

そうそう長居もできず、お供にホカホカ温かいスープを携えている。

数日前の夜にフクタに出した、レンジで作れるミネストローネのマカロニ抜きバージョン。つまりは普通のミネストローネ。

乾燥マカロニを使い切って手元になかったので、代わりに冷凍コーンを足してみた。マカロニがない分かさばらないので、飲みやすさを重視して、今回はスープボウルではなくマグカップで。

コーンが加わると心なしか甘みが増し、粒々が時々舌を叩くのが楽しい。有馬さんからの評価も上々で「これってトマトジュースでできるの!?　ウソ！」とフクタみたいな反応をしていた。

私の中でもここ最近のお気に入りメニューなので、冷蔵庫にはトマトジュースが三、四本は常に待機しております。

「それで麻美さんは、大家さんの代わりに、プラネタリウムに行くメンバーを探しているんですね」

「はい……でも今回はもう、一星くんとふたりで行こうかなって」

この時間まで悩んでみたが、やはり代打メンバーは捕まえられそうにない。

そもそも私は、誰かにお誘いをかけるという行為がどちらかといえば苦手である。相手の事情などを考慮しすぎて、うまく誘えないタイプなのだ。

有馬さんはカップに張る赤い水面を揺らして、「んー」と思案気な顔をする。

「だったらさ、俺が一緒に行ってもいいかな？」

「へっ？　あ、有馬さんがですかっ？　でも有馬さんは、明日は定食屋さんでバイトなのでは……」

本当のことを明かすなら、パン子と店長よりも先に一番に思い浮かべて、それと同時に一番に候補から外したのが有馬さんだった。

有馬さんなら大家さんもよく知る人物だし、一緒に行くと言えば誰よりも安心だ。彼なら持ち前のコミュニケーションスキルで、一星くんともすぐに打ち解けられそうだし。あと彼とはいずれ、個人的にプラネタリウムを見に行く話もしていたし……。

だけどバイトがあるなら無理だよねと、早々に諦めたのに。

「言ってなかったかな？　定食屋の出勤は昼時だけで、麻美さんたちが出掛ける夕方頃には、俺はフリーですよ」

「そうなんですか……！」

てっきり一日バイトかと思い込んでいた。

「俺は麻美さんがいいなら、ぜひ同行したいな。大家さんのお孫さんにも会ってみたいし。明日のメンバーに立候補させてください」

コクリとミネストローネを一口啜って、白い湯気越しに有馬さんが微笑みかける。

立候補なんてそんな、有馬さんさえＯＫならば、こちらから頼んで来てもらいたいくらいだ。

「そ、それなら、明日はお願いします」

「やった！」

パアッと表情を無邪気に明るくする有馬さんは、なんというかズルい。

その無邪気さがかわいいとか感じてしまった。

「移動はどうするつもりなの？」

「えっと、本来は大家さんの車で向かうはずだったんですが、電車で行くことにしました。私はバイトが終わったら、大家さんの家に一星くんを迎えに行って、それからバスで駅に向かうつもりです」

「じゃあ俺も、バイト先からそのまま駅に向かうよ。なにか持っていった方がいいものとかある？」

「い、いいえ、特には」

「了解。楽しみだなあ」

有馬さんは今にも歌いだしそうなほどウキウキだ。

私は一星くんに喜んでもらわなきゃ、笑顔になってもらわなきゃって、心のどこかで気負っていたけど、有馬さんを見ているとそんな気が、炭酸ジュースのようにプシュッと抜ける。

……そうだよね。クリスマスなんだし、私自身も楽しまないと。

パン子だって「よいクリスマスを」って言っていたんだから。

有馬さんに「私も楽しみです」と答えれば、彼は白く舞う雪を背景に、とってもきれいに笑ってくれた。

こうしてクリスマスイブにプラネタリウムへ行くメンバーは、私と一星くん、フクタ、それから有馬さんに決定したのだった。

＊　＊　＊

――訪れたクリスマスイブ。

本日は雪が降っていても粉雪程度で、吹雪(ふぶ)くようなことはなくて助かった。

まずは先に仕事を乗り越えてからということで、私は寒さにも負けずに家を出て、真面目にファミレスに出勤した。

例年のことであるが、店内は混み混み。

ウェイティング表はいっぱいだし、オーダーは飛び交うし、そこかしこで団体客の浮かれた「メリークリスマス！」の声は聞こえてくるしで、なんともカオス。店長が厨房で「クリスマスなんて滅びてしまえ！」と呪詛を吐いていても咎められなかった。

それでもなんとかトラブルもなく、夕方を前に定刻通り退勤。

ちなみに私がいる間には、残念ながら吉影さんは現れなかった。

店長にアクションを起こすとしたら明日なのかな？　だって、明日は店長は早番のはずだ。

私は密かに、彼がなにをするのか期待している。ついに告白だったりして。成功すればムスビが大喜びだ。

店長も連絡先を交換したあたりから、「吉影って案外、優しいし男らしいところもあるわよね。そう悪い奴じゃないのかも……」なんてまんざらでもない様子が見え始めていたので、こちらの成功も祈るばかりだった。

それから大家さん宅に向かえば、着込んだ半纏にマスク、額には冷却シートを貼った風邪引きスタイルの大家さんが、すぐに出てきた。

「あれ？　一星くんはどうしたんですか？」

「今準備しているところよ。今回は本当にごめんなさいねぇ、わざわざ家まで迎えに来てくれて……ゴホッ」

大家さんの家はお庭の広い、古式ゆかしい日本家屋だ。

普段はひとりで住んでいるとは思えないほど大きな家で、訪問は久しぶりだったが迷わず来られた。

「それはもう気にしないでください。大家さんは体調回復を優先に！　一星くんのことも、私と有馬さんでしっかり面倒を見るので」

有馬さんが同行することは、事前にメールで伝えておいた。大家さんも「有馬くんなら安心ね」と返信をくれていて、彼の信頼はやはり厚い。

「ありがとうねぇ……よろしくお願いするついでにひとつ、厚かましいお願いをしてもいいかしら？」

「なんですか？」

「まずはこれを渡しておくわ」

大家さんはなにやら薄い封筒を、私にぎゅっと握らせてくる。中を覗けば一万円札が一枚。

お金⁉

「も、もらえませんよ、こんな！」

「それは三人分の移動費と、パーティー費用にしてほしいの。プラネタリウムから帰ったあとにね、ささやかでいいから四ツ平ちゃんのお家で、いっくんのためにクリスマスパーティーを開いてあげてもらえないかしら？　もちろん、無理なら断ってね」

「開くのは構いませんが……」

大家さんはちょっぴり切なげに瞳を伏せる。

「いっくんのお父さんね、クリスマスもイブもやっぱりお仕事で忙しいみたいで……三人で過ごせないならって、いっくんったら頑なになって、お母さんの病院にも行かないって言って。私もこの家でパーティーを開くつもりだったんだけど、病人の私とふたりでするより、みんなでわいわいする方がいいでしょう？　その方がいっくんも寂しさを忘れられるかなと思ったの」

私は風邪を移しちゃう心配もあるし……と付け足す大家さんに、そういうことならと、私は素直に封筒を受け取ることにした。

そこで一星くんがトテトテと奥から出てくる。初めて会った時と同じ、黄色いセーターに星柄の紺のジャケットを着て、ぐるぐるとマフラーを巻いている。

後ろには背後霊よろしく、一星くんにへばりついているフクタもいた。

「お姉ちゃん、早く行こう」

靴を履いて私の隣に並んだ一星くんは、きゅっと私の手を握ってくる。

優しく微笑む大家さんに送り出され、粉雪が舞う中、私たちは有馬さんとの待ち合わせ場所である駅へと歩いた。

駅の改札前で有馬さんはすでに待っていて、相変わらずカーキのチェスターコートをスマートに着こなしている。通りすがったカップルの女性の方が見惚れていて、彼氏が舌打ちしているじゃないか。

幸い、有馬さんが舞台俳優の『有馬拓斗』だと気づく人はいないみたいだが……。

有馬さんはそこそこ知名度はあるのだけど、憑依(ひょうい)型の俳優さんで役と素のギャップがいつもでかいから、どうも気づかれにくいみたいだ。

「麻美さん、お疲れ様。そっちの子が一星くんかな？」

そばまで駆け寄れば、有馬さんはしゃがんで一星くんと目を合わせる。

「はじめまして、俺は麻美さんのお隣に住んでいる有馬っていいます。アパートにいっぱい来てくれていたのに、すれ違いで会えなかったよね。麻美さんから聞いて、ずっと君に会ってみたかったんだ。こうして会えてよかったよ」

小学生男子にまで殺し文句を吐く有馬さん、恐ろしい人だ。

一星くんの頭上で浮遊しているフクタも、「麻美の彼氏は天然のタラシであるな」なんて感心している。

だから彼氏じゃない！

「……僕もお兄ちゃんのことは、おばあちゃんやお姉ちゃんから聞いています。役者さん、だって。今日はよろしくお願いします」

「うわっ、めっちゃ礼儀正しい。星が好きなんだよね？　俺も今度の舞台で、星をテーマにした物語をやるんだ」

「っ！　どんな物語なの？」

案の定、有馬さんは一星くんの懐にすんなり入り込んでしまった。

それどころか……。

「一星くん、『君と星空のカレイドスコープ』を知っているの？」

「ん。学校の図書室にある」

「へえ、最近の学校の図書室には、漫画もけっこう置いてあるんだな。『星空』って単語に惹かれたんだね。内容も読んだの？」

「読んだ。一巻だけ。星のことたくさん書いてあって、面白かった」

「原作も面白いよね。少女漫画だけど、けっこう男の子でも受け入れやすい絵と話だし、星の豆知識もわかりやすく解説されていて、さすが人気作だよね」

「……オリオン座の話が、よかった」

「ああ、あれか！　実はあのエピソードを舞台でやるんだよ！」

……電車内でふたりだけで盛り上がっていて、私が寂しかったくらい。私も読んでおけばよかったな、『君と星空のカレイドスコープ』。

科学館に着いたら、思ったより時間は押していて、上映時間の二十分前だった。急いで別館まで行って、入り口で観覧席の当選メールを見せる。

もちろん、今回はすんなり通してもらえた。

「どうぞごゆっくり、ご家族で星の世界をお楽しみください」

しかし、スタッフさんが他意ゼロでそんなことをのたまったので、私は盛大に動揺して、入り口の分厚いドアの角に足をぶつけてしまった。

「痛っ！」

「わっ、大丈夫？　気をつけてね、麻美さん」

「は、はい……すみません。なんというか、ちょっとびっくりして……」

「さっきの『ご家族』ってやつだよね。俺も驚いちゃった」

だってそれは、私と有馬さんが……ふ、夫婦だと判断されたということで。

おそらく一星くんが息子に見えたということだろうが、年齢的に無理はないかな。いや、私がわりと年齢より上に見られるタイプだし、有馬さんはけっこう年齢の印象は自由自在だから、パッと見で判断されたなら仕方ないのか？　スタッフさんは決まり文句のひとつとして言っただけかもしれないし……。

それにしたって、なんというか気まずい。恥ずかしい。

よく考えたら、クリスマスイブという恋人たちのイベント日に、有馬さんとなんやかんや一緒にいるんだもんね。

「お姉ちゃんとお兄ちゃんは、今日は僕のお母さんとお父さんなの？」

「い、一星くん⁉」

しかも一星くんからも爆弾の投下が。

これには私より先に有馬さんが反応して、「ははっ、これは照れるね」なんて頬をほんのり赤くしてはにかむので、もう勘弁してほしかった。

というか有馬さんは、私と夫婦扱いでも嫌じゃないのか……。

「ふむ。隣人と麻美は、〝恋人〟を一足飛びにして〝夫婦〟であったか！　後ほどムスビに報告せねばならぬな！」

「やめなさい！」

思わずフクタに声を出してツッコんでしまい、びっくりする有馬さんをごまかすのが大変だった。この場でフクタが見えていないのは有馬さんだけだ。

「せ、席！　席ありましたよ！　ほら、早く座りましょう！」

　プラネタリウムの会場内で、指定の席を見つけて、私と有馬さんで一星くんを挟んで座る。

　ドーム状の天井が広がる会場内は、真ん中にドンと投影機器が置かれ、周りをぐるりとシートが囲んでいる。席数は確かにあまりない。私たちが来る前からチラホラ人はいたが、やがて満席になった。

　徐々に明かりが消えて暗くなっていく。

「始まるよ、一星くん」

「……ん」

　解説員さんの声が流れてきて、待ちに待ったプラネタリウムが始まった。

　吸い込まれそうな暗闇に、まるで本物のような自然の輝きを湛えた星々が、視界をいっぱいに埋め尽くしていく。

　立体音響も取り入れて、一晩の星の動きや、季節ごとの星空の移り変わり、星座の成り立ちなどがくるくると投影され、クリスマスシーズンに合わせてか、ベツレヘムの星の解説も合間に加わった。

ラストは大量の流れ星が降り注ぐ演出で〆。

最初から最後まで素晴らしかった。

約一時間、私は星空の世界を余すことなく堪能させてもらった。

「すごかったですね！　私、プラネタリウムなんて子供の頃に姉たちと行った以来でしたけど、あの頃よりずいぶんと進化していました！」

「よかったよね。本物の星空らしさを再現しながらも、飽きない工夫がされていて。これも一種の舞台だなって俺は思ったよ。抽選になるのも納得だね」

「お星様がキラキラなのじゃー！　また観たいのじゃー！」

会場からぞろぞろと出ていく人の群れに続きながら、私と有馬さん、ついでにフクタは大興奮だ。周りのお客さんからも、聞こえてくる感想は高評価ばかりだった。

「……一星くん？」

しかしそこで、いまだ一星くんが一言も喋っていないことに気づく。

上映が終わった直後は余韻に浸っているのかと、そっとしておいたが、どうもそんな雰囲気でもないみたいだ。

一星くんの表情は、子供らしくなく硬い。

「どうしたの？　プラネタリウムは楽しくなかった？　……やっぱり、本物の星空じゃないとダメかな?」

　私の問いかけに、真っ先に食いついたのはなぜかフクタの方だ。「なぬ!? 　それは困るぞ!」と焦りだす。

「我自身はめちゃくちゃ楽しかったが、お主が笑顔にならねば意味がないのじゃ! 　笑え、笑うのじゃー!」

「こらフクタ、無理強いしない」

　会場を出て、有馬さんはお手洗いで席を外しているので、遠慮なくフクタを窘める。まだ騒ぐフクタを、一星くんはうっとうしそうに手で払いながら、「ううん」とゆるく首を横に振った。

「本物の星空も見たいけど、こっちも楽しかったよ」

「だったら……」

　どうして、そんな思い詰めたような顔をしているの?

　それを今この場で聞くのは憚られた。束の間の重い沈黙が下りたところで、有馬さんが戻ってくる。

「お待たせしました。電車の時間もあるし、もう帰ろうか。このあとはスーパーで買い物をして、麻美さんの家でクリスマスパーティーを開くんだよね?」

「……あ、はい」

「ほら、一星くんも行こう」

有馬さんも一星くんの様子がおかしいことはわかっているようだが、あえて詮索はせず、朗らかに手を差し出した。一星くんもおとなしくその手を取っている。

重たかった空気がふわっと和らぐ。

……彼がここにいてくれて助かった。

帰りは行きよりも早く感じて、買い物はいつもの近所の『にこちゃんスーパー』に寄って、ケーキやオードブルを購入した。

ケーキはホールのショートケーキ。上にメレンゲのサンタ人形が載っているやつだ。オードブルはチキンやウィンナーの盛り合わせ、ミニキッシュ、グリル野菜、ローストビーフ、六種のチーズ、サーモンのカルパッチョ……と、大家さんのご厚意に甘えて奮発して豪華なセットを選んだ。

スーパーを出る頃には、もう夜の八時前。

雪はすっかりやんでいた。

アパートの私の部屋でミニテーブルにご馳走を並べて、好きにつまんだり（もちろんフクタはお預けだ）、押し入れから出てきたトランプで遊んだりして、パーティーはつつがなく進んでいったが……ずっと一星くんは、やはりどこか元気がないままだった。

「麻美さん、今日はありがとう。俺まで長居してごめんね」

「いえ！　有馬さんがいてくれたおかげで、いろいろと助かりました。こちらこそありがとうございます！」

　玄関で有馬さんを見送る。

　とはいっても、彼は隣の部屋に帰るだけだけど。

　一星くんは神経衰弱をしている途中で眠ってしまい、今は私のベッドに寝かせている。無理に起こすのもかわいそうだし、今夜はもうこのまま泊めることにした。

　大家さんには連絡済みだ。学校も冬休みに入ったなら問題ないだろう。少し狭いけど、ベッドには一緒に入ろうと思う。

「一星くんがもし起きてきたら、よろしく伝えてね。……一星くんはプラネタリウムを見終えてから、ずっとなにか悩んでいるみたいだったね」

「はい……プラネタリウム自体は楽しかったって言っていましたし、それは嘘ではなさそうなんですけど」

　一星くんの胸の内が不明瞭だ。

　彼を笑わせる云々とはほど遠い状況に、フクタも悶々としている。まあ奴は、パーティー中はエア参加して、危機的状況も忘れて呑気に満喫していましたが。

「俺はきっと楽しかったからこそ、一星くんは悩んでいるようにも感じるな。楽しい気持ちがあったから、余計に悲しい気持ちになっている、みたいな」

「それはどういう……」

「ごめんね、俺も感覚的にそう感じるだけだから、説明のしようがなくて」

有馬さんは頬をかいて苦笑する。

もう少しだけ追求したかったけど、彼は明日は一日仕事と稽古があるそうなので、これ以上引き留めるわけにもいかなかった。

有馬さんが帰ったあと、トランプの散らばるミニテーブルのところに戻る。

そこで目についたものに、私は瞳を瞬かせた。

「これは……有馬さんの忘れ物？」

見知らぬ小袋がふたつ、有馬さんが座っていたクッションの上に置かれていた。

よくよく見れば忘れ物などではなく、科学館のロゴが入ったふたつの小袋にはそれぞれ、『一星くんへ』『麻美さんへ』と書かれていた。手帳のページを破ったようなメモ紙も添えられている。

『今日はふたりのおかげで素敵なクリスマスイブだったよ。これは有馬サンタからのささやかなお礼です。メリークリスマス！』

お手洗いでいなかった間にこっそり買ったのだろう。

つまりこれは……有馬さんからのクリスマスプレゼントだ。

「ほほう、あの隣人はなかなかに粋なことをするな。中身はなんじゃ？　さっさと開けるのじゃ！」

小袋を持つ私の手を覗き込み、フクタが催促してくる。

私は自分宛ての小袋を開けた。

出てきたのは、流れ星を象ったブローチだ。

「きれい……」

電球の明かりに翳せば、星の部分がキラリと煌めく。

一星くんのことはなにひとつまだ解決しておらず、フクタの特別試験の期限もいよいよ差し迫っている。

だけど有馬さんが「頑張って」と、星を通して応援してくれているようで、それこそ星を掴むみたいに、私は大切にブローチを手の中に握りしめた。

「お姉ちゃん……僕、寝ていた？」

「あっ、起きたんだね、一星くん」

現在は深夜二時。

クリスマスイブはとっくに終わって、クリスマス当日になっていた。

一星くんの眠りは深かったが、私は起こしてしまわないように、お風呂に入ったり雑誌を読んだり、絨毯（じゅうたん）の上に転がって軽く仮眠を取ったりして過ごし、今はライター業の仕事の方をボチボチ片付けていた。

〆切間近の脚本の方は……やはり手前の問題を乗り越えてからじゃないと、集中できなくて。

でもいい加減に寝ようかなと、あくびを零したところで、一星くんのご起床である。

「どうする？　お風呂に入る？」

「……それよりお腹、空いた」

一星くんは頭に寝癖を残したまま、腹部に控えめに手を当てる。

パーティーのときに、けっこうちまちま食べていた印象だったけど、あれでは足りなかったのかな。

「冷蔵庫にオードブルの残りや、ケーキもあと一切れあるけど……」

「違うのがいい」

……なにか具体的に、一星くんは食べたいものがありそうだな。

だけど変なところ強情で、甘えベタな一星くんは、食べたいものを素直に口に出せないみたいだ。

ここは私が当ててあげないと。

「麻美よ、こやつは〝アレ〟が食べたいのではないか？」

ちょいちょい姿を消しつつも、私の部屋に戻ってきては一星くんの横で寝こけていたフクタが、「ほれ、卵を使った〝アレ〟じゃ〝アレ〟！」とほのめかしてくる。

卵を使った〝アレ〟？

「……あっ！　わかった！」

椅子に腰かけたまま首を捻（ひね）って、ようやく思い当たる。

なるほど、アレね！

「それなら材料もあるし、すぐにできるから任せて！　一星くんはフクタと待っていてね」

「……ん」

小さく頷く一星くんは、寝起きでぼんやりしているのもあるが、一眠りしても気力が戻っていないようだ。

夜食を食べれば、目も覚めて少しは元気になって……プラネタリウムを見てなにを思ったのか、打ち明けてくれるかも。

おいしいものは心をほぐすから。

そうとくれば気合いを入れて作らないと。

「用意するのは……」

一番肝心の卵はＯＫ。ご飯も冷やご飯があるし、ケチャップも大丈夫。

あとは有馬さんにミネストローネを提供したときの、玉ねぎと冷凍コーンがまだあるので、ここで使い切ろう。それからオードブルの盛り合わせで残ったウィンナーも、切って使ったらいいかも。

「今はもう神域になっている時間だろうし……フクタにも作ってあげようかな」

神様（未満）相手に仏心を出して、底の浅めなマグカップをふたつ用意する。フクタはフクタ用の、例の不気味なキャラ入りカップだ。

まずは玉ねぎをみじん切りにして、ウィンナーも薄く輪切りにする。ボウルに冷やご飯と切った玉ねぎ&ウィンナー、冷凍コーンを入れ、ケチャップをたっぷりぶちまけて混ぜ合わせる。間に塩コショウもパッパッと。

出来上がったケチャップライスをボウルごと電子レンジで加熱。

これまた簡単にできる時短レシピなので、一星くんを待たせずに済むはずだ。

ボウルの加熱が終わるまでに、卵を割って溶き卵の準備も。溶き卵にはふんわり仕上がるように、マヨネーズも少量加えておく。

「あっ、そうだチーズもいるな」

ここでもうひとつ、必要なスライスチーズを忘れていたので、冷蔵庫から二枚出しておいた。

やがてチンッとレンジが鳴ったので、ホカホカのケチャップライスを、均等にふたつのカップに分けていく。このとき表面を固めるように、スプーンでポンポンと叩くのが大事だ。

そうしてから千切ったチーズを載せ、溶き卵を注ぐ。ライスの表面を固めたのは、溶き卵がご飯にしみこまないようにするためで、チーズも防波堤になってくれている。

ふたつのカップにラップをし、また電子レンジへ。まずは一星くんの分から。ここまでくれば誰でもわかるだろうが、今私が作っているのは『オムライス』だ。

一星くんの好物であり、家族との思い出が詰まった料理。

それを夜食用にお手軽にしたのが――この『ミニカップオムライス』である。

「できた！」

熱々のカップをレンジから気をつけて取り出す。

見た目もかわいらしいし、ふわっと膨らんだ卵がなんとも食欲をそそる。

わざわざフライパンの上で、ライスを卵で包まなくてもできるこのカップオムライスは、量も少ないしまさしく小腹が空いた夜にぴったりだ。

フクタの分をレンジにかけて、私は先に一星くんの分を持っていこうとする。だけどその前に、オムライスといえば欠かせない最後の一仕上げ。

「なにを描こうかな……」

ケチャップを手に取り、黄色い膨らみを睨んで思案する。

ただケチャップをベチャッとかけるだけではつまらないし、ケチャップアート……というほどでもないけど、なにか絵を描きたかった。

……一星くんといえば、やっぱりこれかな？

悩んでいるうちにフクタの分もできたので、同じ絵をケチャップで描いて、カップをふたつ一緒に運んだ。

「はい、どうぞ」

「おおー！　おいしそうなのじゃ！」

フクタは歓声をあげ、一星くんは無言で目を大きく見開いた。

テーブルにカップを置くや否や、フクタは真っ先に飛びついて、スプーンを勢いよくオムライスにブッさす。私の描いた絵などお構いなし。この野郎。

「んー！　『けちゃっぷらいす』も卵もうまうまじゃ！　卵の裏から『ちーず』がとろりとあふれてくるのもよいな！　カップひとつでオムライスが作れるとは……むしろカップだからこそ食べやすいのじゃ！」

「気に入ってくれてなにより」

だが今はフクタの食レポより、一星くんの反応待ちだ。彼はいまだ目を見開いたまま微動だにしない。

もしや私の絵が気に入らなかった……？

一星くんの名前にかけて、星マークを描いてみたんだけど……。

「え、えっと、食べないと冷めちゃうよ？」

おずおずと促せば、やっと一星くんが動きだす。フクタとは真逆で、私の描いた星をなるべく壊さないように、ちまっとスプーンで端っこから掬った。

口に運んだ途端、一星くんはバッとテーブルに突っ伏す。

「い、一星くんっ⁉」

「ぬあっ⁉　どうしたのじゃっ⁉」

私とフクタはそろって動揺する。

丸まった体は小刻みに震えていて……泣くのを耐えているみたいだ。

「……一星くん？」

「このっ、オムライスが」

「うん」

「このオムライスが……お母さんが作るのと同じで、星が、描いてあって……。チーズ入っていて、味もちょっと、似ていた、から……」

一星くんは顔を上げず、途切れ途切れに話してくれる。

そっか。

私の作るオムライスが、奇しくもお母さんのオムライスを思い出させたのか。

当然ながら、一星くんのお母さんのオムライスの方が、あれこれ手が込んでいるだろうし、ケチャップの星マークが被って、多少味が近いというだけだろうけど……一星くんの琴線には触れたようだ。

今の一星くんはなんというか、心のガードが緩んでひどく無防備だ。今ならきっと、彼の胸の内をすべて聞ける気がした。

「ねえ、一星くん。一星くんはなんで、プラネタリウムを見たあとで、あんなに暗い顔になっちゃったの？」

「……やっぱり僕は、星が、その、〝好き〟なんだって、強く思って。それなのに、好きって言っちゃダメなんだって考えたら、悲しく、なった」

——好きだと言ってはダメ。

それは一星くんにとって、幼心に刻まれた呪いみたいなもの。

「一星くんがそんなこと考えるようになったのは……この作文に、心無いことを言われたからだよね？」

私はデスクの上にある作文を、一星くんの前に広げて見せる。用紙はくしゃくしゃになってしまっても、一生懸命に書いたことが伝わる文章。

そこでようやく一星くんは顔を上げた。

「これ、僕の作文……なんでお姉ちゃんが？」

「たまたま一星くんのクラスの委員長くんと知り合って、君に返してほしいって預かったんだよ。委員長くんは一星くんのこと、とても心配していたよ。あの子はこの作文を褒めていたし、一星くんと友達になりたいんだって」

「友達……」

一星くんの無表情が揺らぐ。

これは戸惑っている様子だ。

私は一星くんの背にやんわりと手を添えて、絵本でも読み聞かせるように、ゆっくりと語りかける。

「好きなことを否定されてつらい気持ちは、私にもわかるよ。一星くんにとって〝星が好き〟ってことは、自分を構成する……形作るって言えばわかるかな？　大事な大きい柱だもんね。それを否定されたら、将来の夢も、大事な家族との繋がりも、それにかけた想いも、全部全部、否定されたことになっちゃうもんね」

これはどんな人でもそうだ。

己の〝好き〟を否定されることは、大袈裟ではなく、己の根幹に大ダメージを受ける。多感な子供時代ならなおさらダメージはでかくて、きっとずっと引きずってしまう。

「でもね、誰がなんと言おうと、一星くんの〝好き〟は〝好き〟のままでいいんだよ。星が好きなまま夢を追えばいいし、星が好きな一星くんのことが、ご両親も大家さんも委員長くんも、私も好きだよ」

「わ、我も！　我もお主のそこは嫌いではないぞ！」

フクタからも援護射撃が来た。

一星くんの瞳から、ポロッと一粒の涙が落ちる。

「僕は……星を、好きでもいいの？」

「いいよ」

「好きって、言ってもいいの？」

「もちろん」

私が微笑んで肯定すれば、一星くんが唇を動かす前に、絶妙なタイミングで彼のお腹が鳴った。

まだミニカップオムライス、一口しか食べてないもんね。

「なんじゃ、お主も腹ペコじゃな！　麻美の夜食は旨いぞ、もっと食うのじゃ！」

空中から「ほれほれ」と、一星くんが取り落としたスプーンを左右に振るフクタ。食べながら気持ちを落ち着けてほしくて、私もカップをスッと一星くんに勧める。

フクタからスプーンを奪い、今度こそ思い切り星マークに突き立てた一星くんは、どんどんカップの中身を平らげていく。

同時に少しずつ、星が徐々に光を纏うように、彼の表情も和らいでいった。

「ごちそうさまでした……ねえ、お姉ちゃん」

「なに？」

空のカップを前に行儀よく手を合わせ、一星くんがちょっぴり口角を緩める。

それはいつも無表情な彼が見せた、初めての笑顔らしい笑顔。

「僕ね、星が好きなんだ」

吹っ切れたようにそう笑って言った一星くんに、私も笑って「知っているよ」と返したのだった。


結局、一星くんは私のオムライスを食べたあとも、憂い事がなくなって空腹が煽られたのか、冷蔵庫にあったラスト一切れのケーキも完食し、再び眠りの世界に誘われていった。

私のベッドですうすうと寝息をこぼす一星くんの顔は、凪いでいて穏やかだ。

次に起きたときはもう、すぐに年相応な笑顔を見せてくれることだろう。

「――うまくやってくれたようだな。フクタの坊主に、麻美の嬢ちゃん」

突如背後から聞こえた声に、私は肩を跳ねさせて振り向く。

一星くんの枕元でふわふわ浮いて一星くんの顔を覗いていたフクタも、「ぴゃっ！」と奇声をあげて硬直した。

「ジチンさん！　え、ジチンさん……ですよね？」

「おう、わしだが。何度も会っているのになんだ、その微妙な反応は？」

「だって、格好が……」

現れたジチンさんは、見慣れたアロハシャツ姿ではなかった。

上下とも白い袴姿で、頭には黒い冠らしきものも載っけている。よく見れば袴にはうっすら、土地神を表しているのだろう『土』の丸印が。

これが正式な神様スタイルのジチンさんなのか。

靡く白い顎髭ですら、今は神々しい。

「この格好のわしに見惚れたか？　試験の結果を告げに行くのに、さすがにアロハはどうかと思って、わざわざ着替えてきたのよ」

「試験の結果……」

「そ、それはつまり……！」

私の呟きを引き継ぐように、硬直から解かれたフクタが食いつく。一瞬だけ張り巡らされる緊張感。

ジチンさんはニッと歯を見せて——端的に「合格だ」と告げた。
一、二、三秒ほど、間を空けてからフクタが諸手をあげて万歳三唱する。
「やったー！　やったぞ、麻美！　我は合格じゃ！　特別試験に受かったのじゃー！」

「やったね、フクタ！　今回はめちゃめちゃ頑張っていたもんね！」

跳んで跳ねての大騒ぎ。私も一緒になって大喜びする。

そばで一星くんが寝ているのを思い出し、慌てて声のトーンは落としたけど、それでもめでたい。

ジチンさんは私たちの歓喜っぷりに、呆れたように肩を竦めた。

「わしが出した『指定した人物を心から笑わせること』という課題を、麻美の嬢ちゃんとも協力して、フクタの坊主は見事に達成した。人間とうまく協力できたということも、またその神の力量として判断しよう。……見ていたが、いい笑顔だったな」

ジチンさんの眼差しが、一星くんの寝顔にそっと注がれる。

まるで子を慈しむ親のような目。

「前にも聞きましたが……なんで課題対象に、一星くんを指名したんですか？　今なら教えてくれますよね」

「そうさなあ……ただ単純に、わしの社に願われたからだよ」

「社に……？」

「ここの大家に、『孫の笑顔がまた見られますように』ってな」

ハッと、ようやく理解する。いつか大家さんが、社の前で神様にお願い事をしていると話していたが、それがこれのことだったのか。

フクタの課題内容そのものが、大家さんの願い事だったなんて……。

「世話になっている人間のささやかな願いくらい、本来ならわしが叶えてやりたかったんだがな。力の弱まったわしでは、土地を守るのに精一杯で他に力を割けん。そんな折に福の神が、特別試験の試験官を探していたから、わしにやらせろと自ら手を挙げたんだ。ちょいとわしの代わりに、福の神のたまごに働いてもらおうと画策してな。試験内容も好きに設定させてもらって、まあ結果は見てのとおりだ」

悠然と腕を組むジチンさん。

すべては彼の作戦どおりだったらしい。

なかなかに重要な裏話だったと思うのだが……当のフクタは「これでまだまだこの神域に通えるのじゃー！　麻美のお夜食が食べられるのじゃー！」と興奮さめやらず一切聞いていないので、私からはなにも言うまい。

フクタにとっては、私の夜食を食べられるかどうかが一番重要みたいだし。

「それと福の神から、フクタの坊主を手伝ってくれた嬢ちゃんにも礼をしてくれって、これを預かってきたんだ」

「なんですかこれ、キャンディー？」

ジチンさんが白い着物の合わせから取り出したのは、金色に光る小粒の球体だった。

フクタの水干と同じ『福』印の入っている、いかにもな福の神アイテム。

「これは福の神の力を球に閉じ込めたもので、触れた人間に一度大きな幸運を授ける効果がある。たまごじゃない正式な福の神の力だから、期待していいんじゃねえか？　嬢ちゃんの脚本が大賞とか取っちまうかもしれねえぜ」

「私が脚本を書いていること、当たり前みたいに知っているんですね……だけどそういうのはまたきっと別ですよ。実力が伴わないと意味ないので」

例えば悪神くん騒動のときにも、巻き込まれた有馬さんに福の神様がお詫びに力を使ってくれたが、彼には別の幸運は訪れたものの、受かりたかったミュージカルのオーディションには惜しくも落選していた。

だから本当に掴みたい夢の場合は、運の前にまず個人の力によるところが大きいのかなって。

ピュウッと、ジチンさんはおどけて口笛を吹く。

「言うねぇ、さすがたまごとはいえ、神を餌付けするだけはある」

「勝手にフクタたちが餌付けされたんです！」

福の神様に夜食代を請求したいのは本音だけど、今回はなんかもういいや。私は『福の神キャンディー（適当に命名）』を一星くんにあげてくれないかと頼んだ。

一星くんの笑顔は引き出せたけど……まだもうひとつ、叶えてあげたいことがあるから。

「麻美の嬢ちゃんは欲がないねえ。嬢ちゃんがいいなら、わしは構わんが」

ジチンさんは一星くんに近付き、その額に福の神キャンディーを載せて、人差し指で押し付けた。キャンディーはパアッと光って、跡形もなく消えてしまう。おそらく一星くんの中に取り込まれたのだろう。

そのまま一星くんをひと撫でして離れるジチンさん。

彼もまた、大家さんと共にずっと、一星くんを見守っていたんだな。

キャンディーの力がどう働くかは……また、朝が来てからのお楽しみということで。

＊　＊　＊

クリスマスの朝は晴天だった。

私は昼頃からバイトがあるので、午前の間に一星くんを大家さん宅へと送っていくことにした。

フクタはそばにはいない。無事に試験に合格したところで、上司である福の神様からもなにかしらのお言葉を賜るそうで、神界に帰還している。もう一星くんに付きまとう必要もないしね。

「もうすぐ着くね、一星くん」

「ん」

一星くんと手を繋いで、浅く積もった雪道を歩く。

前を向く一星くんの横顔は、昨日の今日でずいぶんと柔らかくなったものだ。

そんな彼の斜め掛けにした鞄には、星形のバッジと、天体望遠鏡を模したチャームがついている。バッジは一回目の科学館訪問でゲットした『星座博士』の称号代わりで、チャームは有馬さんからのクリスマスプレゼントだ。

私が今着ているコートの胸元にも、流れ星のブローチが光っている。

……これのお礼は、今晩言えるといいな。

「あれ？　大家さんと誰かな？　あの人」

到着した大家さん宅の玄関先では、見知らぬ三十代くらいの男性が、大家さんと親し気に話し込んでいた。

その人を視界に留めた途端、一星くんはタッと駆けだす。

「お父さん！」

えっ！

まさかの一星くんのお父さん⁉

弾丸のように抱き着いてきた一星くんを、一星くんパパは驚きつつも受け止める。

一星くんパパは中肉中背で、目元が一星くんと似通っていた。とても温和そうな人だ。

私は深々と頭を下げられる。

「義母から話は聞いています。一星が大変お世話になったようで……」

いえいえと、私も頭を下げ返す。お父さんの腰に抱き着いたまま、一星くんは「お父さん、お仕事はどうしたの？」ともっともな疑問をぶつけた。

一星くんパパは「それがなあ」と苦笑する。

「本当なら昨日と今日、もともと休みの申請は出していたんだよ。ただ一昨日から続くシステムトラブルで、出社を余儀なくされていただけで……。だけどそのトラブルが、メンテナンスにまだまだ時間がかかりそうだったのに、昨日の深夜の残業中にピタッと直ってな。無事に休みが返ってきたんだ」

私はすぐ、これは福の神キャンディーの力だとピンときた。さすがのお力である。

これで一星くんは、家族とクリスマスを過ごすことができる。

一星くんパパはポンポンと、一星くんの丸い頭を撫でて、「これからお母さんの病院に一緒に行こうか」と優しく言った。

「病室でだけど、三人でクリスマスパーティーをしよう。今日までお前に構えずにすまなかったな。……お母さんとお父さんに、いつもみたいに星の話を聞かせてくれるか？」

「う、うん！　うん！」

満面の笑みを見せる一星くんに、風邪から回復したのか、マスクの取れた大家さんも嬉しそうに顔を綻ばせている。

その姿を見て私も肩の力が抜けた。フクタは試験にすでに合格しているが、私の方も目標を最後までクリアできた気がする。

これでやっと、ハッピーメリークリスマスだ。

★腹ペコ神様レシピ★
一人用

ミニカップオムライス

材料

- **白ご飯** …… 1杯分
- **卵** …… 1個
- **ケチャップ** …… 大さじ2杯
- **スライスチーズ** …… 1枚
- **塩コショウ** …… 少々
- **マヨネーズ** …… 小さじ1杯
- **玉ねぎ** …… 1/4個
- **冷凍コーン** …… 適量
- **ウィンナー** …… 1〜2本

1 玉ねぎはみじん切り、ウィンナーは薄く輪切りにする。

2 ボウルにご飯と①、冷凍コーン、ケチャップを入れてしっかり混ぜ合わせる。間に塩コショウも振る。混ぜ終わったら、ボウルごと600Wのレンジで1分30秒ほど加熱。

3 卵にマヨネーズを加えて混ぜ、溶き卵の準備をしておく。

4 ②をマグカップに移す。※このときスプーンで叩いて表面を固めることが大切！固めた上にスライスチーズを適度にちぎって置き、③を注ぐ。

5 ふんわりラップをかけてカップを600Wのレンジで2分加熱し、卵が膨らんだら完成！

完成したら好きな絵をケチャップで描いてね

エピローグ　私と焼きマシュマロココア

「はい、フクタの分」

「ありがとうなのじゃ！」

湯気を立ち上らせるマグカップを、台所でフクタに差し出す。

今宵のお夜食は『焼きマシュマロココア』。

純ココアと牛乳で作ったノーマルなココアに、オーブントースターで軽く焼いたマシュマロを投下しただけの飲み物だが、これがなかなかに癒される一品だ。

茶色く焦げ目のついたマシュマロが、ココアにまろやかな甘みと独特の食感をプラスしてクセになる。

ミニテーブルを囲んで、フクタとまったり一服。

クリスマスも過ぎてしまって、先ほど日付は変わり十二月二十六日になった。現在ここ最近で、私は一番気が抜けているかもしれない。

有馬さんにはちょい前にベランダで会えてブローチのお礼も言えたし、どうにか完成したての脚本のデータも渡せた。

彼からの評価は楽しみでもあり怖くもあるが、アドバイスをいただき次第、すぐに直して賞に応募するつもりだ。結局〆切ギリギリになってしまったが、いったん完成したことには胸を撫で下ろしている。

またフクタもフクタで、特別試験合格後もいっそう人間界で修行に励むよう、上司の福の神様に労われたらしくポヤポヤしている。

「ところでさ、ムスビは今夜も来ないのかな」

とろけるマシュマロを喉に流して、ふと思う。

一星くんのことにどうしても比重を置いていたら、ここのところムスビとあまり話せていない気がした。

一星くんに関してはもうなにも気がかりなことはない。

笑顔も戻ったし、きっと冬休みが明ければ、学校で委員長くんと改めて友達になれるんじゃないだろうか。

だからあと唯一、気がかりなことがあるとするなら、店長と吉影さんのことである。

仕事終わりに吉影さんと待ち合わせしているとかなんとか、店長がバイト中にチラッとこぼしていたけど……事の顛末は知らない。でもたぶん吉影さんが、頑張って店長とのクリスマスデートに漕ぎ着けたのだ。

そのデートもさすがに終わっているはず。

ぜひとも結果を教えてほしい。

「我も自分のことに必死であったゆえ、ムスビの現状まではわからぬな。あの高飛車神も、試練達成のために尽力はしておるじゃろうが……」

「――誰が高飛車神よ！」

おっと、フクタの悪口に噛みつきながら、ムスビのお出ましだ。

私は「ちょうどいいところに。待っていたんだよ、ムスビ」と気楽な調子で、カップを持ったまま振り返る。

次の瞬間――ポカンと口を開けてしまった。

「え……誰？」

そこにいたのは、ムスビではなかった。

いたのは小学校高学年くらいの知らない女の子だった。

いや、正確にはその女の子は、私の知るムスビの特徴もたくさん兼ね備えている。猫のような紅の瞳も、羽衣を纏った弁財天(べんざいてん)風の衣装も、耳にキンとくる高い声なんてそのままムスビだ。

だけど私の知るムスビは五歳児だし、こんなに大きくは……髪型も変わって双髻ではなく、長い髪をそのままふんわり垂らしているから、ずいぶんと大人っぽくなっているし……。

「ああ、この姿のこと？　これはね、難関だった課題対象の縁をようやく結べたから、縁結びの神としての徳が大幅に上がって、体が成長したのよ」

「ということは、やっぱりムスビ⁉」

徳が上がると成長するシステムだなんて聞いていない。成長した彼女はチビっ子の頃からその片鱗はあったが、もう立派な美少女だ。

しかも課題対象の縁を結べたって……それはつまり。

私の聞きたいことを悟ったのか、ムスビがにんまり唇をつり上げる。

「花音と正孝の、お付き合いが成立したわ！」

「わー！」

思わず黄色い悲鳴が出てしまった。

うっそ、マジで⁉

「正孝のクリスマスデートプランは本当にダメダメで、なぜか爬虫類博物館を回って、男性客しかいない豚骨ラーメン屋でご飯を食べて、花音の服装ひとつ褒められなかったけど……告白だけはド直球に『好きです、付き合ってください』って正解を選べてね。

花音みたいな恋愛音痴には直球以外の正解はないのよ！」

「それで店長がＯＫして……あの店長が……」

「まずはお試しでのお付き合いという形になったけど、初めて告白された花音は、全身真っ赤で乙女度百パーセントだったし、正孝の勝ちは確定ね。晴れてわらわのお役も御免よ！」

「おめでとう！　心の底からおめでとう！」

私もやっぱり女子なので、他者の恋バナでは盛り上がる。

なんというめでたいニュースか。フクタの特別試験合格よりめでたいかもしれない。

早急にパン子に連絡したい。

ただそこで、フクタがずっと静かなことに疑問を持つ。見ればフクタは、わなわなと震えていた。

「なに、どうかしたの、フクタ？」

「なっ、なにゆえ！　なにゆえムスビは試練を乗り越えて成長したのに、我はまだ五歳児のままなのじゃ!?　その理屈なら、我も大きくなってもよいはずじゃっ！」

ああ、そこか。

でも確かに、フクタだって合格したのに、なんでそのままなんだろう？

背丈もだいぶ伸びたムスビは、フクタを見下ろしながら「ハッ」と鼻で嘲る。

「おまえの特別試験は、もともと補習のようなものでしょう？　補習の試験に合格しただけで、通常の試練を達成したわらわと同じ徳が積めるわけないじゃない」

「ぐっ、せ、正論じゃ！」

「悔しかったら、おまえもより励むことね！」

おーほほほほと、悪役の高笑いまでしそうなムスビ。

このまま徳を積み続ければ、さらに成長するんだよね。

フクタも頑張ればいつか……ふたりの大人になった姿は、私もちょっと見てみたいかも。息子と娘が成人式を迎えた日の親みたいな気持ちになりそう。

「さあ、そういうことで今夜はわらわの成長記念会よ！　存分にもてなしなさい！　あら、甘くておいしそうなものを飲んでいるわね。わらわにも寄越すのよ！」

「そこはまったく変わっていないんだね……」

私の持つ焼きマシュマロココアに狙いを定めたムスビは、五歳児だったときと同じで、甘いものに目がないらしい。

成長したからって、お腹が減るときは減るだろうし、今後とも夜食泥棒なことも変わらないみたいだ。

「ぬあー！　我だって負けぬぞー！　絶対に成長して『いけめん』になってやるのじゃ！」

「わらわだって、もっともっともっと成長して、グラマー美女になってやるわ！」

「ははっ、気長に待っているよ」

私は遠いような近いような未来に想いを馳せて、ココアをずずっと啜る。

ベランダに続くガラス窓の向こうでは、遠くの夜空で星がきれいに瞬いた気がした。

★腹ペコ神様レシピ★ 一人用

オマケ

焼きマシュマロココア

材料

- 牛乳 ………… 120cc
- 純ココア …… 大さじ1杯
- マシュマロ ……… 3つ

1. 牛乳を600Wの電子レンジで1分30秒加熱したあと、純ココアを混ぜて普通のココアを作る。
2. オーブントースターで軽く焦げ目がつくくらいマシュマロを焼く。
3. ①に②を入れて完成!
※甘さが足りない場合は、砂糖をお好みで

わらわの勝利を祝う一杯ね!
とろけるマシュマロがたまらないわ!

むー!
我も負けてはおれぬぞ!

ふたりともがんばれ!

あとがき

はじめまして、もしくはお久しぶりです、編乃肌と申します。

本書をお手に取っていただき、心よりお礼申し上げます。

読者の皆様の応援のおかげで、このように続編を出せました。またキャラクターたちを書けたことを大変嬉しく思います。

作者的に一番書きたかったところは、ラストのムスビの物理的な成長です。フクタも今回は一巻よりも頑張って、ちゃんと成長してはいるのですが、大きくなれたのはムスビだけでした。

悔しがるフクタと、ちょっと大人びたムスビを書けて満足です。フクタにも「ムスビの成長に追いつく！」という、新しい目標もできたのではないでしょうか。

また、今回は有馬さんと麻美の間も、少なからず進展がありました。一番進展があったのは店長ですが……。

一巻からのキャラの成長と進展、新キャラの活躍、そして相変わらずの手軽で簡単なお夜食レシピと、盛りだくさんな二巻でしたが、楽しんでいただけましたなら幸いです。

最後に。一巻に引き続き、素敵なカバーイラストを手掛けてくださった紅木春先生、神様たちのパワーアップしたかわいさに、ベランダで夜空を見上げる麻美の表情がお気に入りです。なによりついに、有馬さんがイラストに！　イメージどおりの爽やかイケメンでした。

担当様ならびに編集の方々には的確にご指導賜り、今回も大変お世話になりました。

そして、一巻からの読者様はもちろん、この巻からお手に取ってくださった読者の皆様も、本当にありがとうございました。

新たなお夜食を求めて。

どこかでまたお会いできますように。

編乃肌　拝

この物語はフィクションです。
実在の人物、団体等とは一切関係がありません。
本作は、書き下ろしです。

■参考資料
『星座神話と星空観察　星を探すコツがかんたんにわかる』沼澤茂美、脇屋奈々代（誠文堂新光社）
『世界でいちばん素敵な夜空の教室』多摩六都科学館（三才ブックス）

編乃肌先生へのファンレターの宛先

〒101-0003　東京都千代田区一ツ橋2-6-3　一ツ橋ビル2F
マイナビ出版　ファン文庫編集部
「編乃肌先生」係

腹ペコ神さまがつまみ食い
～深夜二時のミニオムライス～

2020年6月20日　初版第1刷発行

著　者　　編乃肌
発行者　　滝口直樹
編　集　　山田香織（株式会社マイナビ出版）　須川奈津江
発行所　　株式会社マイナビ出版
〒101-0003　東京都千代田区一ツ橋2丁目6番3号　一ツ橋ビル2F
TEL　0480-38-6872（注文専用ダイヤル）
TEL　03-3556-2731（販売部）
TEL　03-3556-2735（編集部）
URL　https://book.mynavi.jp/

イラスト　　紅木春
装　幀　　江原早紀＋ベイブリッジ・スタジオ
フォーマット　ベイブリッジ・スタジオ
ＤＴＰ　　富宗治
校　正　　株式会社鷗来堂
印刷・製本　中央精版印刷株式会社

●定価はカバーに記載してあります。●乱丁・落丁についてのお問い合わせは、
注文専用ダイヤル（0480-38-6872）、電子メール（sas@mynavi.jp）までお願いいたします。
 ISBN978-4-8399-7231-8
Printed in Japan

Fan
ファン文庫

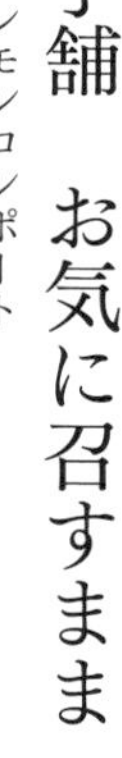

万国菓子舗　お気に召すまま

雪の名前と甘いレモンコンポート

著者／溝口智子
イラスト／げみ

誰かがそばにいてくれるからこそ
自分らしく生きることができる

買い出しの帰りに疲れ切った男性を見つけた久美。
美味しいお菓子を食べて元気になってほしい久美は、
男性に好きなお菓子を尋ねるが——？

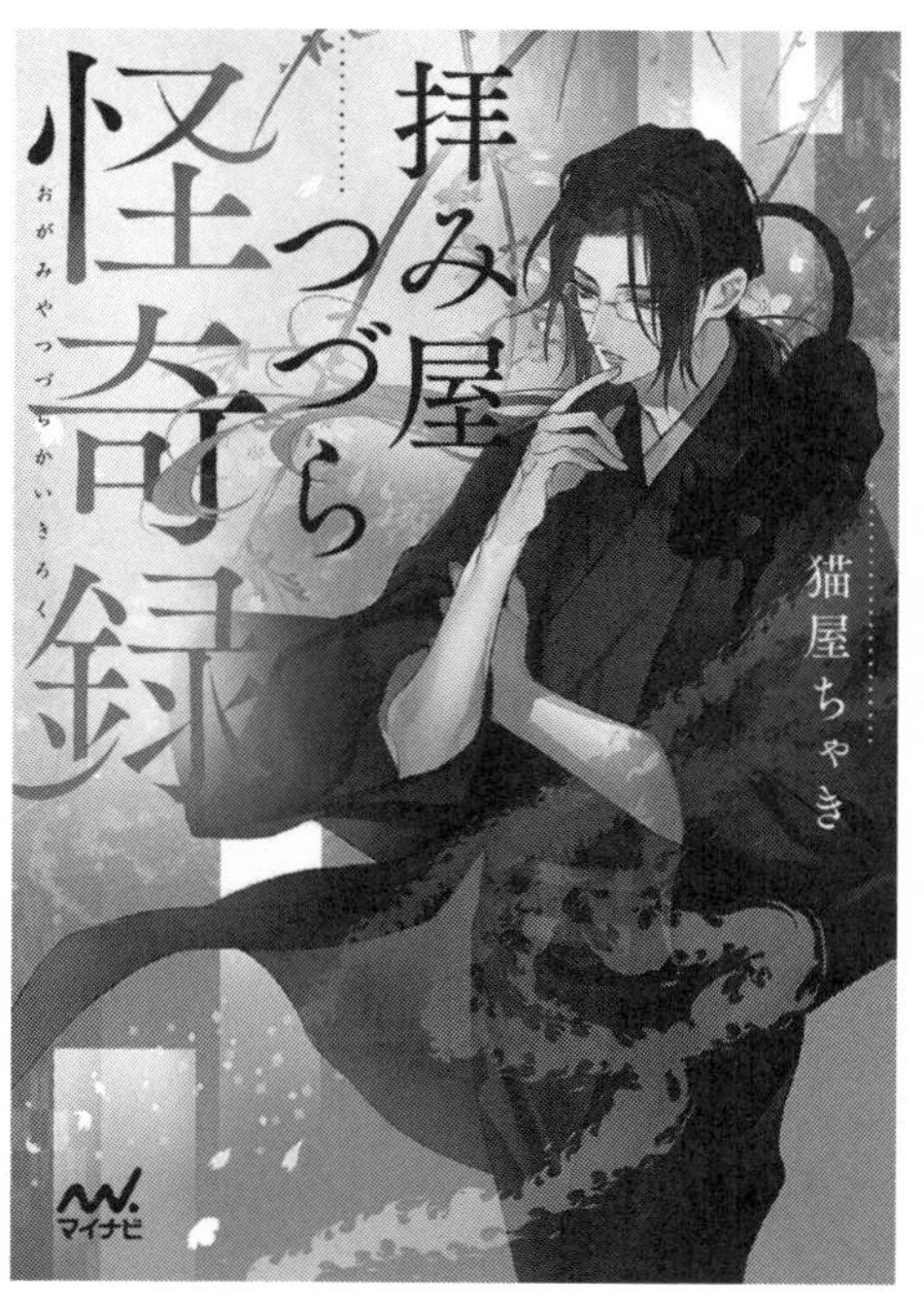

拝み屋つづら怪奇録

著者／猫屋ちゃき
イラスト／双葉はづき

人は時に鬼となる――
現代怪奇奇譚

紗雪の周りの人が次々と不幸な目に遭うようになり、
不安になった彼女は拝み屋を頼ることに――。
『こんこん、いなり不動産』の著者が描く現代怪奇奇譚

Fan
ファン文庫

ぬいぐるみ専門医　綿貫透のゆるふわカルテ

著者／内田裕基
イラスト／おかざきおか

ぬいぐるみはたくさんの愛を受けて
大事にされるべき存在なんです。

おっとりな院長の透と幼馴染で刑事の秋が
ぬいぐるみだけではなく持ち主の心や絆も
修復していく——。

福猫探偵
無愛想ですが事件は解決します

著者／ひらび久美
イラスト／白谷ゆう

クールな元OLとミステリアスな探偵が
商店街で起こる事件を解決するハートフルドラマ

大手企業をクビになった真琴は、就職先が見つかるまで実家の『三神食堂』で働くことに。ある日、お使いの帰りに幼い頃よく遊んでいた神社に立ち寄ると、そこで一匹の猫と出会う。